eye
守望者

——

到灯塔去

星辰的故事

星座与人类

[美] 安东尼·阿维尼 著 晏向阳 译

Anthony Aveni

Star Stories

Constellations and People

南京大学出版社

STAR STORIES: CONSTELLATIONS AND PEOPLE
© 2019 by Anthony F. Aveni
Originally published by Yale University Press
Simplified Chinese Edition Copyright © 2022 by NJUP
All rights reserved
江苏省版权局著作权合同登记　图字:10-2020-96号

图书在版编目(CIP)数据

星辰的故事:星座与人类/(美)安东尼·阿维尼著;晏向阳译. —南京:南京大学出版社,2022.9(2023.5重印)
书名原文:STAR STORIES:CONSTELLATIONS AND PEOPLE
ISBN 978-7-305-25750-6

Ⅰ.①星… Ⅱ.①安…②晏… Ⅲ.①故事-作品集-美国-现代 Ⅳ.①I712.45

中国版本图书馆 CIP 数据核字(2022)第 105374 号

出版发行	南京大学出版社
社　　址	南京市汉口路 22 号　邮　编　210093
出 版 人	金鑫荣
书　　名	**星辰的故事:星座与人类**
著　　者	(美)安东尼·阿维尼
译　　者	晏向阳
责任编辑	章昕颖
照　　排	南京紫藤制版印务中心
印　　刷	南京爱德印刷有限公司
开　　本	787×1092　1/32　印张 7.5　字数 100 千
版　　次	2022 年 9 月第 1 版　2023 年 5 月第 2 次印刷
ISBN	978-7-305-25750-6
定　　价	58.00 元
网　　址	http://www.njupco.com
官方微博	http://weibo.com/njupco
官方微信	njupress
销售咨询	(025)83594756

* 版权所有,侵权必究
* 凡购买南大版图书,如有印装质量问题,请与所购图书销售部门联系调换

致何鸿毅先生

他赞助的何东视觉实验室

是我想跟更多的人分享天空想象的灵感来源

目 录

前言·001

导言·005

1 千面猎户·001

2 万能的昂星团·021

3 环绕世界的黄道十二宫·039

4 银河传奇·063

5 银河中的乌云星座·083

6 极地星座·101

7 热带地区的星图·119

8 天上帝国·135

9 星空天花板和巨型星座·155

10 天空的性别·173

后记 · 191

参考文献 · 194

致谢 · 211

译名中英对照表 · 213

星名中西对照表 · 219

前 言

　　智能手机诞生之前,我们有书籍;书籍之前,我们只有洞穴或者圣殿墙上的图画。能为这些图画增添信息传播力的言语早已湮灭。天空也曾长期作为我们讲述生命意义故事的画布。早期的人类在天地之间寻找着共同之处——希冀着用他们的想象,把天上不熟悉的东西跟他们地上的日常生活联系起来。我们跟天空的互动让我们成为人。它鼓励我们利用想象来简述我们究竟是谁的故事。

　　天空与自然界其他一切事物不同,它清新、完美——是众神理想的栖息地。天体时间也是循环往复,无穷无尽,昭示着我们的命运。还有什么比这更能让我们得以窥视时间一角而照见未来的呢?与随着四季流转而悄无声息却忠实可靠地运行的星星轨迹相比,还有什么更好的材料能编织有道德意义的故事呢?星座可以预知生死,警示战争的降临或预示社会的兴衰,还能为我们个人的爱恨情仇和前程留下纪念。

《星辰的故事》关注的就是这些宇宙故事中蕴含的文化多样性。这些由各种古代或现代文化孕育出来的星座和星群,为人们提供了一个大舞台,让他们能用这些天空图案深入讨论大自然(气候、环境、纬度)和文化(从狩猎-采集文明到帝国文明)是如何激发人类去创造如此丰富多彩的叙述的。这些故事历经无数代人的传承,现在落到了我们手里,它们值得我们去思考,去分享。

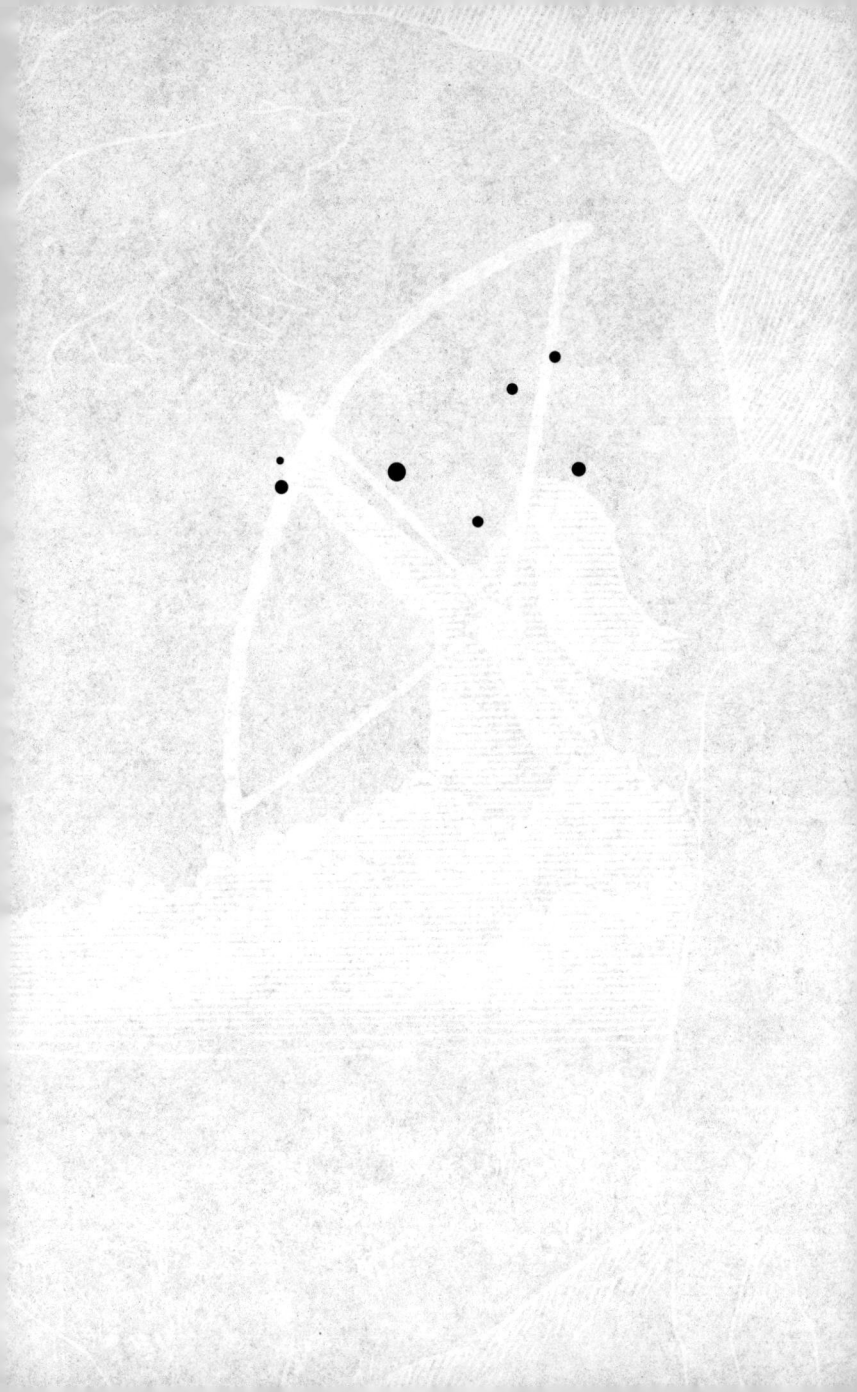

导　言
图　案

你还记得仲夏日躺在草地上的时候吗？盯着蔚蓝天空中翻滚的浮云，你会不会把它们一朵朵想象成自己熟悉的形状：赛车、棒球外场手的手套、自家狗狗的脸，等等。对于地质构造，我们也会有同样的想象：新罕布什尔州的老人山、英国维多利亚女王石像、以色列的罗得之妻石柱、马里的妇女山，还有无数沉睡的男女巨人——连火星表面的阴影也被看作外星人的脸。我们的大脑就是图案识别专家。心理学家管我们这种总喜欢在随机数据中寻求统一的癖好叫空想性错视。我们的大脑总是试图通过在陌生图案中发现熟悉的事物来消除随机性带来的紧张。此类幻影往往表现为宗教性联想，比如在烈焰中看到穆罕默德，或者在墨西哥玉米饼上发现耶稣基督。

法国肖维岩洞中三万年前的壁画呈现了两只长着角的

野牛打架的场景。这种野牛是我们家牛的祖先。它们低着头,肩部肌肉绷得紧紧的。远处还勾勒了几只同样长着角的动物,它们在观望这两只摆出攻击架势的野牛。这位洞穴画家用一种当代艺术家的敏锐描绘出了这一生动的戏剧场面。我可以想象当时一大家子人盘腿坐在火堆边上看着他画画的场景。他们当中的某一位可能还凑到跟前,手里拎着长矛;另一个披着兽皮,模仿一次攻击。这就是自古以来的猎人和猎物的场景。它对于群体的生存和血统的繁衍绵延来说生死攸关。他们是在演练狩猎技术,期待明天能有一场真正的猎杀吗?还是一场期待能让真实的猎杀发生的祈祷仪式?我们已经无从知晓了。

一旦那些浮云在黄昏的朦胧中消散,黑漆漆、挂满星辰的天空就取代了那湛蓝的晴空。肖维岩洞的外面又悬挂起一幅同样适合表达狩猎故事的幕布。一颗颗星星排列在黑漆漆的苍穹之上。因为光污染,我们今天很少能看到那般的天空了。古代中东的牧羊人在看守羊群之外无事可做,就把北斗七星看成马车,把猎户座看成人。这样,夜空就成了他们天然的故事画板,大家都可以免费取用。在现代电子设备出现之前,艺术家们能利用的就只有这样的图画书,以及山洞里的石壁。夜空也就成了一种布满无数亮点的媒介，召唤着仰望者去把那些亮点连接起来。

渐渐地，辨认天空中的图案并为它们命名不再是件随意的小事了：它逐渐演变成一种对意象的刻意记忆，这些意象充满了宗教或神话意义。它是我们赞颂的创造了这个世界的诸神的荣耀证明，或者是自称为他们后代的当代统治者的权力标志。这或许是从祭司在拜祭上天神明时抬头仰望开始的。他们将星辰连接起来，想象出各种形象，以此更好地表达自己。

从它们的名字来判断，具有西方文化倾向的天文爱好者所熟悉的星座，源自公元前3000左右的苏美尔文明。它们最初的具体形象出现在公元前7世纪的界碑和楔形文字泥板上，还出现在荷马和赫西俄德的同时代的古希腊史诗故事里。（本书中，我将不时把"西方"拿来跟历史上的不同文化对比。这个"西方"指的是源自中东，经由古希腊罗马传承下来的信仰和风俗下的欧美西方文明。西方世界经历了伊斯兰教的影响、中世纪的黑暗和欧洲文艺复兴及法国启蒙运动才走向现代。）

托勒密是公元2世纪埃及亚历山大港的一位天文学家。

他列出了48个星座。其中，30多个星座是以陆地动物和鱼鸟的名字命名的。除此之外，还有神话故事中的大蛇和人的名字，甚至还有一个昆虫名。1603年，德国律师兼制图师约翰·拜耳制作了第一张南半球星空图，他又增添了12个星座。1922年，国际天文学联合会又正式将星座扩充到了88个，这份星座名单包含了18世纪启蒙运动对科学成就的礼赞，其中有望远镜、显微镜、气泵、炼金炉，还有建筑师的凿子和三角尺。中世纪的星座名——比如"圣彼得开启天堂之门的钥匙"——则被抛弃了。

中国人声称天上有283个星座（星官）。他们起的名字跟苏美尔人的迥然不同；最早的记录出现在公元前14世纪的商朝的甲骨文上。《梨俱吠陀》是公元前2000年间的印度圣歌，里面也提到了星座。还有公元前16世纪的上埃及皇家坟墓里的文字也涉及星座。在美洲，纳瓦霍人、易洛魁人、玛雅人、印加人和阿兹特克人都将星座图案与极其重要的事件相关联。澳大利亚原住民，南美热带雨林的居民，北极西伯利亚地区和阿拉斯加冰原上的居民，以及非洲沙漠、森林和草原上的居民，莫不如此。

《星辰的故事》是一本探讨我们共同追求的书。我们为了表述道德规范和社会规则而编造星座故事,讲述现实的和宗教的事件,表达我们的即时需求和浪漫梦想。现在就让我们一起来把这些故事重讲一遍,以此纪念人类大家庭无边的想象力。

1
千面猎户

在希腊人眼里,俄里翁[1]是半神半人的家伙。他是海神波塞冬的儿子,能在水上行走。有一次,俄里翁穿过大海去爱琴岛国王那里做客。结果他喝醉了,动手打了公主。为了惩罚他,国王弄瞎了他的眼睛,剥夺了他水上行走的法力,然后让他收拾东西滚蛋。在这个倒霉的时刻,仁慈的火神赫菲斯托斯拯救了他。火神看他可怜,给了他一个叫克达利瓮的仆人,让这个仆人带着他到太阳升起的地方去。他们到达地平线的时候,阿波罗把他那能治愈疾病的光芒投射在这个半神半人身上,恢复了他的视力和水上行走的能力。

最终,俄里翁躲到了克里特岛去。他在那里成了个擅长弓箭的著名猎人。可惜过度猎杀带来的刺激让他再度闯祸。

---

[1] 猎户座和俄里翁在英文中是同一个单词:Orion。——编者注

俄里翁身处荒野女神阿尔忒弥斯的保护之下,可他吹嘘自己要杀光地面上的所有动物。这话自然让大地女神盖亚不得不警惕起来。有人说,她于是派出一只蝎子,让它在这个鲁莽的猎人的脚后跟上蜇了一口,杀死了他。也有人说,是阿尔忒弥斯亲手把这个毒物放在俄里翁的身上,结束了他臭名远扬的好斗生涯。

俄里翁的故事就是要提醒古希腊人,不管是谁,要是胆敢吹嘘自己法力无边,定会遭到神的惩罚或报应。这就是俄里翁这个猎户座对面就是天蝎座的原因[1]。星空还为这个故事提供了很多精彩的背景。猎户座在四季变化的旅程中有几个重要的节点,比如俄里翁失明和掉入大海(春末,以他的名字命名的星座恰好在日落后消失),还有他的视力的恢复(猎户座会在仲夏重返夜空)。猎户俄里翁也是晚秋时节夜空中最耀眼的星座,那正是人们开始筹谋打猎的季节。

猎户俄里翁也曾经被称作巨人贾巴尔。事实上,大多数

---

1 猎户座与天蝎座在黄道中处于相对位置。此处用文学性口吻表述。——编者注

西方星座的名字来自阿拉伯。红超巨星参宿四[1]也被称作伊卜特·贾乌扎赫,意思是"中间那个的腋窝"(还有不那么常见的说法是:巨人的肩膀、臂膀或者右手)。里吉尔·贾乌扎赫·约苏拉,也就是参宿七,是猎户左腿的那颗蓝色亮星。而猎户腰带上三个紧密排在一起的淡蓝色星星是星座中间的黄金点。它们都有自己的名字:右边(西边)的明塔卡(参宿三)意思是"腰带",而(中间的)阿尔尼拉姆(参宿二)是"腰带中央的一串珍珠"的意思。最底下的那个阿尔尼塔克(参宿一)是"腹带"的意思。上面的肩膀的另一侧是贝拉特里克斯(参宿五),猎户座中唯一名字不带阿拉伯色彩的显眼的星星(来自拉丁语,意思是"女战士")。不过,以前的星图会把它标注为穆尔齐姆或者米尔扎姆,意思是"吼叫的征服者"。亮度稍低一些的塞弗(参宿六)是猎户黯淡的右腿。塞弗其实是"剑"的意思,原先是指挂在猎人腰带上的武器的尖端。有点模糊缥缈的剑柄中最亮的星是纳伊尔·塞弗,意思是

---

[1] 见附录《星名中西对照表》。参宿四是按照中国二十八宿命名的星名,其在西方拜耳命名法中指的是猎户座α,是猎户座第二亮星。本书大部分星名优先译为中国星名。某些星名采用西方名称。——编者注

古希腊猎户星座

Orion 猎户座　Gemini 双子座　Taurus 金牛座　Monoceros 麒麟座（独角兽座）
Eridanus 波江座　Lepus 天兔座　Betelgeuse 参宿四　Bellatrix 参宿五　Alnitak 参宿一　Alnilam 参宿二　Mintaka 参宿三　Thabit 参宿增三十六　Saiph 参宿六　Rigel 参宿七

"剑中最亮者"。猎户座的剑柄里包含着那个著名的大星云。猎户头部的觜宿一，也叫迈桑或梅莎，这颗星如此命名，显然是因为跟隔壁双子座的某颗星搞混了，它曾有另一个名字拉斯·贾乌扎赫，意为"巨人的头"。最后是猎人右肩向上高举的手臂上一连串很容易辨别的暗星。它们代表的是他衣服的袖子，所以叫库姆，意思就是"袖子"。

为什么这些星星，会在特定季节出现在那片天空？是谁在讲述猎户的故事？他讲给谁听？这些问题的答案又能告诉我们哪些关于这些星座故事讲述者的信息？

中国古老的王朝记录可以追溯到公元前12世纪。从中，我们可以看到猎户座的故事曾被用作政治宣传。阏伯与实沈是传说中伟大的帝喾的大儿子和二儿子。相传帝喾是乐器的发明者和作曲家。他春夏的时候骑龙，秋冬的时候骑马，巡视自己辽阔的疆土。虽然帝喾非常善于治理国家，却在日后谁将继承自己王位的事上迟疑不决。两个儿子还天天为些鸡毛蒜皮的事争斗不已，更让他烦恼。他们日渐长大，兄弟二人之间的对立逐渐升级，已经到了公开持械打斗的地步。帝喾把两个孩子分开以避免更加严重的冲突。他把阏伯派到东边去掌管商丘。那里的人们参拜辰星，也就是商星（心宿二）。他把实沈派到西边掌管大夏[1]，那里的人们参拜的是参星，也就是猎户座腰带上的那三颗星。它们的轨道永远都不会交叉，终于彻底分开了爱争吵的两兄弟。

阏伯到了自己的属地之后，发现商丘的人没有火。于是他试图从天上的星星里偷一点火来，可是因为星光一直烧得火热，还不停地移动，他没法捕捉到火焰并且让它一直燃烧。后来他想出了个办法。干吗不带着一片干草叶，点着以后让它一直保持火星状态，直到回到地上呀？然后他可以用火星重新点起火。他成功了——据说人们就是从那以后才能够吃上煮熟的食物，并在晚上举着火把照亮前面的路。

而有关实沈在西方干了些什么，却没有记载。我们所知道的是，这哥俩都没能登上王位——这份荣耀落在了他们的兄弟挚头上。8世纪的唐朝有一首诗描写了实沈和阏伯的困境："人生不相见，动如参与商。"他们就像永不相见的参星与商星。周朝的统治者就用这个兄弟俩争斗的故事来做道德警示：他们之前的商朝之所以衰败，就是因为家族成员之

---

[1] 原文为 shen，有误。据《春秋左传·昭公元年》记载："迁实沈于大夏，主参。""参"在古代通"三"，指猎户座腰带上的三颗星。——编者注

间持续的相互对抗。

在美洲,猎户座也是以一个男性的形象出现的,只是他的名字改叫埃皮耶腾波,他还缺了条腿。在南美洲北部和安的列斯群岛的同时代的加勒比人眼里,埃皮耶腾波刚刚娶了一个年轻姑娘娲外雅。可后者被麦普利尤曼引诱了。这个秘密情人对这姑娘痴迷得不得了,甚至把自己变成貘(貘是一种外形介于猪和马之间的动物,喜欢在丛林中蜿蜒的烂泥沟里找食物,还以阳物超长而闻名)来接近她。麦普利尤曼许诺娲外雅:如果她跟着他到东边的天际尽头并且一起升天,他就恢复人形。姑娘在为点火而收集木头的时候暗自考虑着这个提议,而蒙在鼓里的埃皮耶腾波在一边采摘鳄梨。等埃皮耶腾波从鳄梨树上下来,年轻的姑娘已经下定决心跟麦普利尤曼远走高飞了。她抓过自己的斧子,而那件家伙已经被她的貘形情人施了法术变得异常锋利,一下就砍断了埃皮耶腾波的一条腿。姑娘跟自己的情人飞快地穿过茂密丛林跑了。可是埃皮耶腾波很快就醒过来了,他拄着匆忙赶制的拐杖,寻找着这对私奔男女的踪迹,一路抛撒鳄梨种子帮助自己追踪。

经过一场迷宫般的追踪,埃皮耶腾波突然撞到了这对正在偷欢的男女。狂怒之下,他砍掉了那个貘形人的脑袋,恳求娲外雅跟他回家。可是她绝情地选择了跟随情人的灵魂升天。痴心的丈夫也毅然穷追不舍。你现在还可以看见他们仨在天空追逐:娲外雅就是那个被我们叫作昴星团的星团,位于麦普利尤曼被砍的头颅——毕星团——的旁边。埃皮耶腾波气得发红的大眼睛就是毕宿五。而这位被抛弃的丈夫残存的下肢就是紧随其后的蓝色亮星参宿七。

永恒的爱情三角,一段被引诱者破坏的婚姻:当人们围着篝火探讨埃皮耶腾波这段道德上令人忧虑的故事时总有说不完的意见,而冬季的天空中就有我们所知道的猎户座、昴星团和毕星团上演的栩栩如生的故事。跟希腊神话里的猎户座一样,这个故事也是有季节变化的。跟貘形情人的相遇发生在旱季,那是鳄梨开始成熟人们砍伐收集柴木的时节;丈夫的疯狂搜索发生在雨季,那时的踪迹更加模糊,更容易被貘而不是人寻找到;而最后一幕则是在种植季出现在天空的,埃皮耶腾波终于找到了这对野鸳鸯,不过,在此之前那些鳄梨的种子也都落到了地上。六月中旬,昴星团是黎明前升起的,然后是毕星团,最后是猎户座。这样,星座的四季循环就描绘出了一个加勒比海地区富有想象力的神话。

当美国中西部偏北的印第安拉科塔族人放眼望向猎户座所在的星空时，他们看到的不是一个男性形象，而是一只手。猎户的腰带是手腕，他的佩剑则是大拇指，参宿七是食指的指尖，而从西边的波江座借过来的波江座β正好成了小指指尖。拉科塔人的手形星座的外形可能跟我们熟悉的希腊星图不一样，不过他们的星座故事"失去手臂的酋长"讲的道理是类似的。跟中国神话一样，说的都是：不该干的不能干。

在拉科塔人的故事里，这颗"坠星"是个满怀抱负的年轻武士。他母亲是个凡人，父亲是颗恒星。他向邻近部落酋长的女儿求婚。姑娘同意了，不过是有条件的。前不久，她父亲因为自私，在一次重大的雨神祭祀中拒绝将自己收获的庄稼献出来，结果被雷电族夺去了一只手。姑娘嫁给坠星的条件就是取回父亲的那只手。坠星接受了这个挑战，在黑山之间——也就是现在的南达科他州——东奔西走，从各种友好的神灵那里获取特殊能力，以备将来能从雷电族那里逃出来。如果雷电族抓到他，就会给这片土地带来凶猛的风暴和洪水。他收集了一根肌腱、一块燃烧的煤炭、一根鹰的羽毛、一只燕子和一只鹡鸰。最宝贵的是，他还学会了咒语，这能

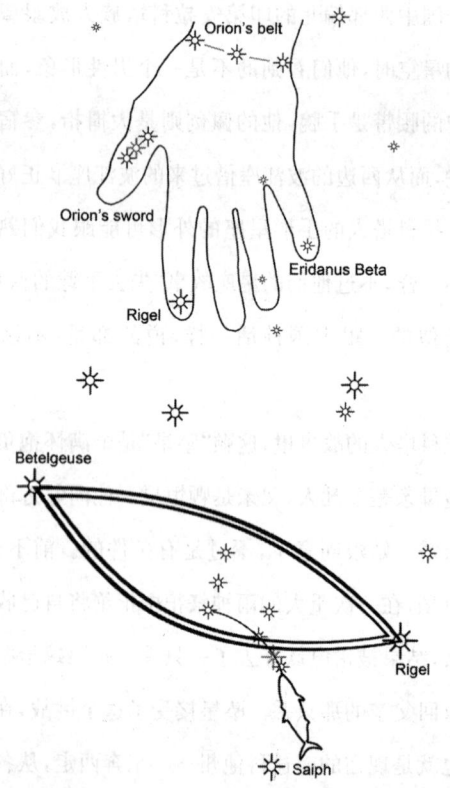

第10—11页 猎户座的四个版本。上图：拉科塔人的手形星座，根据R. Goodman的《论拉科塔人神学中"牺牲"的必要性：基于"手形星座"及失去手臂的首领故事》作图；下图：澳大利亚原住民的三个渔夫的故事，根据R. Norris和D. Hamacher的《德巨潘：天上的独木舟》作图

手形星座
Orion's Belt 猎户（俄里翁）腰带　Orion's sword 猎户的剑　Rigel 参宿七　Eridanus Beta 波江座 β
独木舟星座
Betelgeuse 参宿四　Rigel 参宿七　Saiph 参宿六

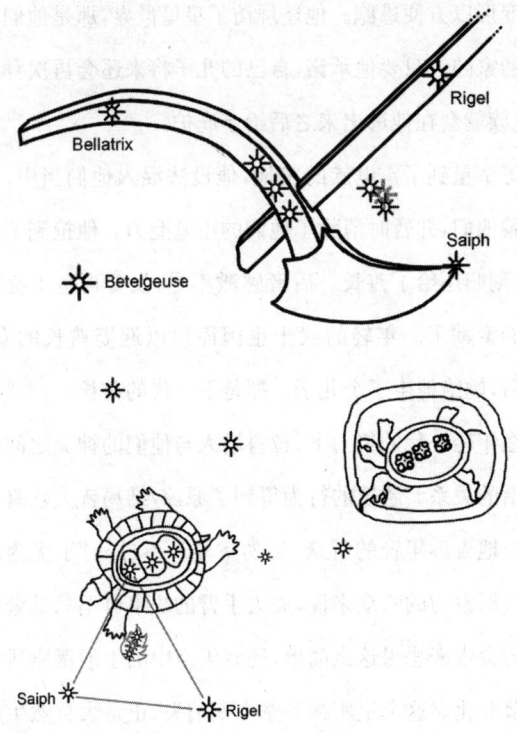

上图:印度尼西亚农夫的犁,根据G. Ammarell和A. Lowenhaupt Tsing的《印度尼西亚天空传说的文化产物》作图;下图:玛雅传说中的三块炉石,猎户座大星云是炉中的火,猎户腰带是神龟的背部,根据D. Freidel、L. Schele及J. Parker的《玛雅宇宙》绘制(由Julia Meyerson重新绘制)

犁形星座
Bellatrix 参宿五 Betelgeuse 参宿四   Rigel 参宿七   Saiph 参宿六
乌龟星座
Rigel 参宿七   Saiph 参宿六

让他变形以方便逃跑。他还拜访了星星世界,那是他们星族祖先的家园。只要他承诺,自己的儿子将来还会再次拜访族人,星族就会在他逃出来之后给予庇护。

等坠星到了雷电族的领地,他设法混入他们当中,用咒语欺骗他们,并暂时消除了他们的雷电能力。他抢到了那只手,立刻归还给了酋长。后者感激不尽,发誓再也不会克扣对神的奉献了。年轻的武士也因而得以迎娶酋长的女儿。一年后,她给他生了个儿子。那是下一代的酋长。

在年轻一代的努力下,拉科塔人与他们的神灵之间恢复了和谐的关系。越轨的行为得到了原谅,结局皆大欢喜。故事明白地告诉年轻的听众:切勿贪婪。不过,对于更为成熟和更具洞察力的听众来说,失去手臂的故事可不只是警示自私行为会带来恶果这么简单,还有天空中的手形星座所预示的季节变化。这个星座在冬季末期消失,正是大自然生殖周期的尽头,是大地失去富饶的天赐信号。手形星座在秋天的时候又会重新出现,那是每年夏至献祭——也就是再现酋长之手的神话——的仪式起作用的标志。拉科塔人采取了行动,保证了季节性循环的生命更新。老酋长代表了上一轮的循环,过去的一年;而他的孙辈继承者代表了新的一年——

由那只传承了生殖力的手在大地上撒满种子而迎来的新一年。女儿代表的是大地母亲的生殖力;而她最终生下孩子,则意味着植入她身体的种子在新的一年会长成新的生命。

生活在澳大利亚内陆的原住民也讲了一个自己的故事,关于猎户座的一个道德败坏的故事。他们把这个星座叫作德巨潘,也就是独木舟。很久以前,有三兄弟出海打鱼。他们抓到了一条王鱼并且吃掉了它,尽管他们知道这是违法的。鉴于他们的罪行,太阳女神瓦卢派一股巨大的龙卷风把三兄弟连同他们的独木舟抓到了天上,这样就能在捕鱼季节警醒所有人必须遵守规则。你不用运用太多的想象力就能看到这三兄弟。参宿四是那只独木舟弯弯的船身,参宿七是船尾。猎户腰带上的三颗星是隔开坐着的三个渔夫。仔细看,还能看到那条不可冒犯的鱼在猎户宝剑下方的那条线上慢吞吞地跟着他们呢。我们很容易就能把这个故事跟我们当代的道德准则联系起来,那就是濒危品种比如海鲈鱼不能吃。不过,这并不是澳大利亚人头脑里的概念。王鱼并非濒危品种,相反,三兄弟因为身为王鱼氏族的成员而被严禁吃氏族认定的神圣鱼类。天空的图案对应我们地上的道德行为,而界定行为好坏的社会规则因文化的不同而不同。在很多原始的道德准则中,各类动物都受到其相应的人类族群的保护。

尤卡坦半岛的现代玛雅人把猎户腰带上东边的参宿一、参宿七、参宿六连起来,称作三块"创造之炉石"。上面冒出的烟和火就是我们所谓的猎户座大星云——位于三颗星中间,人们肉眼也能看到的一片模糊的白光。玛雅人的故事可以追溯到很远的古代。在公元前 9 世纪[1]的危地马拉基里瓜遗址中发现的石碑 C 上有一段文字,它告诉我们,上一代人类曾经被洪水灭绝,是三位大神"置石"才让人类得以重生:

> 置三石。安置(第一石),美洲豹执桨,刺魟执桨……安置(第二)石,首黑察(?)……(第三)石(由)天神伊扎姆纳安置……此景见于平身天。

"平身天"是古代玛雅人对基里瓜的称呼。这三位大神

---

[1] 原文如此,the nineth century BCE。但根据联合国教科文组织的网站,基里瓜建筑群出现的时间为公元 8 世纪左右。(本书脚注若无特殊说明,皆为译者注。)

就是划着独木舟带死者渡河（天上的银河）前往阴间的人。

位于三块炉石上方的猎户腰带的星星成了玛雅的乌龟星座。乌龟据说是最早出现在大地上的生命，他在天空升起来之前就已出现。他背上驮着这三块刻有象形文字的石碑。在猎户的腰带和玉米的季节枯荣之间有着隐喻性联系。在玛雅古典时代（公元前500—200年[1]）早期，玉米最初种植的时候，也就是四月底到六月初，猎户的腰带会随着玉米种子发芽出苗而重新出现。等到九月底，这波庄稼可以收获的时候，这三颗星星在午夜会连起来跟地平线垂直，就像一棵长成的玉米植株。而这三块炉石在玛雅文化里一直很重要。它提醒人们是圣火养育了新一代的人类（现在创造出来的人类）。很多现代玛雅人家里还有三块圆形炉石围成的三角区域，标志着家的中心——烹饪区域。

墨西哥的阿兹特克人想象出一个叫马玛尔华兹特里的星座，意思是"用来生火的工具"。这个星座的位置差不多就是猎户的腰带和宝剑的位置。马玛尔华兹特里是阿兹特克

---

[1] 原文如此，500—200 BCE。根据大不列颠百科网站，玛雅古典文明时期应当是公元250—900年。见 https://www.britannica.com/topic/Maya-people。

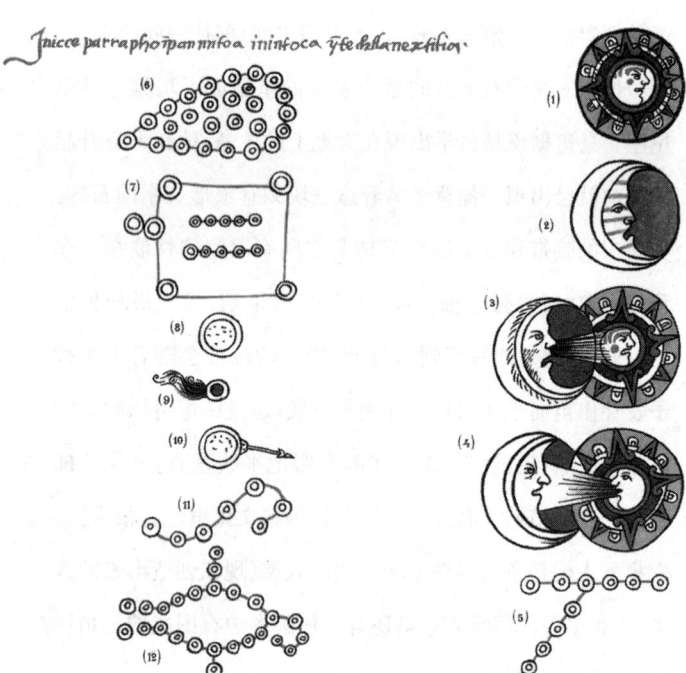

一份墨西哥手稿中的阿兹特克星座图样,包括昴星团(左上)和钻火的那根棍子,这些星座包含了猎户座的腰带和剑的部分。猎户座腰带及昴星团周围的星座图案中的星星的准确位置和数量可能跟西方观星者看到的不一样;有些文化不依赖现代的科学测绘技术。[Real Biblioteca(马德里),II/3280,282r-282v]

统治者用来重新点燃篝火的棍子。这团篝火历经一个52年的轮回才重燃一次,被称为"年的束缚"。这一轮回在当时超出了一般人的寿命。它是特意安排来统一阿兹特克的神赐的一年(260天)和由四季更替形成的一年(每年365天)间的差异的。西班牙的阿兹特克编年史学家贝纳迪诺·德·萨阿贡告诉我们,当昴星团运行到头顶、太阳落到脚下的时候,"就是上天告诉芸芸众生,世界不会毁灭,新的(生命轮回)将会降临人间"。阿兹特克的观星人在这一现象出现时就认出来了,那些点火棍子在天空的位置会达到其顶点。在太阳离我们最远时,召唤新的光明重返这个世界,还有哪一刻比此刻更合适?这一刻,所有人都会扔掉旧的睡垫,摔碎盘子,还要砸烂家里上一轮用过的所有其他器具。然后他们会蜂拥到首都特诺奇蒂特兰(今天的墨西哥城)的大神庙集会。那里会点起"新火"。本着辞旧迎新的精神,各家的主人都会拿一根松树棍子伸到社区的公火里点燃,然后带着这火焰回家生自己的炉火。接下来他们会制作新的碗盘,缝制新的睡垫,还有,就跟我们许下新年愿望一样,开始全新的生活。

　　本章讲述的故事虽然体现了迥然不同的文化,但仍有着不少共通之处。希腊的猎户、独腿人、阋墙的兄弟、澳大利亚的渔夫都鼓励人们讨论超越或者破坏伦理道德的行为。坠星、钻火、独腿人的故事则探寻的是复活及对时间的掌控。不过，我在玛雅人宇宙之火的创世故事中发现了一个惊喜。现代天文学告诉我们，猎户座大星云实际上是一团灰尘和炙热的氢气，其高达上万度的火焰是正在孕育中的恒星形态。而它们周围大多围绕着宇宙圆环，那里是未来带有生命的行星出现的地方。这个星星的故事，就从那遥远的过去，经由一代代人口口相传，为今天寻求真理的人们指引着方向，激发着未来无穷的探讨和探寻。

2
万能的昴星团

在印第安人纳瓦霍部族文化里,黑神相当于希腊神话中的普罗米修斯,是把火带到世上的英雄。据说他是居住在先祖们出现的四个世界中第一个世界里的第一批神祇之一。黑神戴着用炭涂黑的面具。面具上有几个白色的符号,一条直线把面具垂直分成了两半。直线底部有个圆形的太阳,那是他的嘴。鼻子的上端是轮新月。而在他的左眼上,我们清清楚楚地看到一圈闪烁的小星星。那就是我们所谓的昴星团,或者叫七姐妹星团。

贝拉尔·海勒神父20世纪初在亚利桑那北部圣迈克尔方济各会当修士。纳瓦霍人给他讲过一个故事。故事说的是,黑神进到创世霍根(纳瓦霍人的小屋)里的时候,其他的神发现他脚踝上附着了几颗水晶。黑神用力跺了跺脚,水晶飞到膝盖上。他再用力,水晶跳到了臀部。跺第三次后,水晶落在了他的肩上。等他踩第四次的时候,水晶就排成了昴星团,落在他的左太阳穴边上。"好了,"他说,"就待在那里吧!"

这一惊人的技艺让先祖们相信黑神拥有美化黑暗天空的能力。他们鼓励他继续用水晶创造星星图案,并把它们放到天上去。他打开他的鹿皮荷包,拿出一捧水晶小心地装饰起天空来。他在北边放上了"旋转的男女"(北斗七星和仙后座),在南边放上了"兔子的跑道"和"张开腿的男子"(天蝎座和乌鸦座),还有其他星座。然后他用"点火星"把它们点亮了。而点火星就是有着永恒火焰的迪尔耶赫(昴星团)。他们说黑神对每一个星座的细心安置给我们带来 Sa'a naghai bik'e hozho。这词儿拿一位纳瓦霍长者的话来说就是,"环绕整个宇宙的完整而有序的生命本质……存在和演变的生命力量"。

黑神面具上的肉眼可见的图案暗示着几乎全人类对于昴星团的看法近乎一致的另一个原因:它们的位置非常靠近黄道——太阳在一年之中于星星之间穿行的轨迹。月亮和行星的轨迹也在黄道附近。昴星团就像是位于繁忙公路边的热闹餐馆,它是宇宙交通的活力枢纽。黑神面具额头上的新月的样子正好就是新月出现在太阳上方时的样子。月牙儿的两个尖端反向对着西边射来的太阳光。(想象一下,这弯新月是一张弓,那它的箭头瞄准的就是太阳。)新月和太阳的连线就是黄道,也可以理解为地球公转轨道的一个平面,上面排列着黄道带的12个星座。我们也可以把黑神的脸看作天空的钟而不仅仅是一张图,当新月第一次出现在西方的低空,意味着这个月昴星团将在日落时最后现身——这是冬日的最后一个月,人们开始期盼白日变长。

考古学家杰西·菲克斯写道:"我没法说清其意义,我也不知道,为什么在所有的星体中,这么一小簇微弱的星星就比别的星群重要。"他于19世纪80年代在美国西南部进行了不懈的探险。他的观察笔记记录了纳瓦霍人向代表世界四方的诸神祈祷的一次夜间仪式。此类祈祷一般在每年冬天的第一个夜晚举行,此时正是昴星团在日落后出现在东方之时。

跟猎户座在不同文化中会变成不同星座的组合不同,昴星团虽然也常常被人跟小熊座搞混,但通常被认为由六至八颗星星组成的星团。每颗星未必都那么明亮,但它们组合起来的光芒能在天空中散布成满月大小,迅速吸引任何一个随

昴星团,它们是黑神的脸部装饰(NASA,ESA 和 AURA/Caltech)

NASA 美国国家航天航空局　　ESA 欧洲航天局　　AURA/Caltech 加州理工学院天文研究联合组织

意抬头望向夜空的人的目光。

昴星团在《圣经》中出现过三次。穆罕默德和柏拉图都曾写到过它们。弥尔顿、拜伦、济慈和丁尼生也提到过它们。埃德加·爱伦·坡在他的诗《小夜曲》中写道:"一幅极乐天堂的图景:/七个仙女在天堂让人痴迷/还有七个在心里深处。"艾米·洛威尔专门为它们写了首诗,叫《七仙女》。它们的身影也突出显现在了世界上最古老的、3500年前的内布拉星象盘上。你还可以在每一辆斯巴鲁车的车标上看到它们。据说每一颗星代表着一家公司,正是这些公司联合起来才组成了这个汽车集团。(斯巴鲁的意思是"联合",在日语里就是指昴星团。)

加勒比的印第安人看到这七颗星时,想象的是人类的内脏。他们的昴星团故事有点像《圣经》里该隐和亚伯的故事。图蒙被自己的弟弟杀了,因为弟弟垂涎他的妻子。于是他的阴魂就缠着凶手不放,直到后者把他重新埋葬,并将他的内脏撒向天空,作为这桩最为邪恶的残害同胞的罪行的警示。在中世纪的土耳其,昴星团是一种预备伏击的军事阵型。在北欧神话中,昴星团被描述为一只母鸡带着她的小鸡们。相隔万里的安第斯和乌克兰,人们却把它们看成货仓,正好对应它们总在每年收获季节才在太阳下山后出现在东方。

秘鲁高地的印加人的后裔也把他们一年一度最重要的节日——柯罗伊利蒂或者库伊鲁利蒂（意思是"明亮的白雪"）跟昴星团的消失联系在一起。在昴星团因太阳暴晒而消失40天后再次出现的第一个满月之日，成千上万的虔诚信徒踏上了攀登高峰的朝圣之旅。在山顶上，他们跪倒接受冉冉升起的太阳的第一道光，相信这能带来秩序的回归，并启动新的一年。

易洛魁人，住在长屋里的人，讲的昴星团故事很悲伤。故事说的是虐待儿童及父母不遵循传统的后果。易洛魁人经历了很多代人的长途迁徙之后，终于在一个林木葱郁、湖水清澈的地方定居下来。他们在那里开荒种地，栽培玉米、大豆和南瓜。他们还为不断繁衍的大家族建造了一栋长条形的房子。就在他们越来越兴旺的时候，他们也开始忘记造物主教给他们的古老感恩仪式。他们相互争吵。有些人甚至离开了家园。他们教孩子不要跟直系亲属以外的人讲话、玩耍。不听话的孩子就会挨打，被罚不许吃饭。只有老一辈的人还记得他们的祖父们讲过的故事，还能回忆起当初的盛宴：所有人都载歌载舞，为大地母亲献上丰盛的祭祀品。在那个先民时代，父母把孩子看作造物主恩赐的礼物而倍加珍惜。

有一天，七个孩子决定溜到树林里，举行他们自己的感恩仪式。他们唱着还能记起来的古老颂歌，跳着古老的舞蹈。他们每人都拿出自己仅有的食物一起分享。不过，要是晚上溜出去被发现了，他们就会受到严厉的责罚。有的孩子甚至被狠狠地打一顿，不给饭吃，然后被绑在床上。尽管如此，孩子们还是秘密地坚守着他们的诺言。

在一次禁忌仪式的讲故事环节中，一个孩子讲起了他祖母讲过的故事。有一个叫天界的地方，是长屋人祖先最初的家乡。易洛魁的孩子们如果能到那儿，就会受到初民祖先的欢迎。那天晚上，七个孩子围着篝火唱歌跳舞，他们祈求天上的守护者把他们带到天界。他们唱的是特定的歌，跳的是特定的舞。就在他们觉得自己开始慢慢朝天空飞去时，他们的父母追踪到了林子里。他们先是大喊大叫，愤怒地指责孩子们不听话。愤怒很快就变成了绝望，因为他们看到这些孩子一个个都慢慢升天了。等父母们听清楚孩子们唱的歌时，他们瞬间意识到自己对亲骨肉的伤害有多大。他们哭着喊着，祈求孩子们回到地上。可是七个孩子越升越高。其中一个孩子的父母从来没打过他，所以他就回头往下看了一眼；他看到母亲在那里张着双臂苦苦哀求。这个孩子就停止了歌唱,开始下落。他降落得越来越快,最后变成了一道光。而其他孩子则继续跳着舞离开了家人,永久消失在了天上。

之后,父母们只要看到流星就会发誓再也不打孩子。而长屋人到了收获季节——感恩节之际——就会一大早走出屋外,在东北方向寻找昴星团——那群升了天的孩子,告诉他们自己多么爱他们。

在西澳大利亚中部的丛林里,女孩们听到的是另一个关于七姐妹的故事。"她们是你的亲戚,"一个女孩的祖母说,"她们与你我来自同一个故乡。"原住民们说到故乡时,他们指的是土地、天空和跟那里的一草一木的情感联系。在很久以前的黄金时代,七姐妹会从天上下来玩一玩。她们总是降落在山上的同一个地方。你都能看见她们的降落。那地方有个洞,是她们的秘密通道,七姐妹通过它进入她们临时的家。有一次下凡的时候,七姐妹出来打猎、采摘以填饱肚子。有个老家伙正到处找媳妇,看到她们就悄悄地跟了上来。他一路跟着姐妹们来到溪边,看她们搭起了临时休息的营地。这老家伙突然从树后面冲了出去,趁姑娘们吓得四散奔逃的时候抓住了年纪最小的那个。她的姐妹们都吓坏了,逃到山顶，从那里飞上了天。最小的妹妹也拼命挣扎，想摆脱这个老家伙。她也跑向山顶，冲姐姐们大声求救，她不知道她们已经都升天了。她飞起时，那个老家伙也跟着她一起飞到了天上。你可以看到他还在追逐着她。她是昴星团中最暗的那颗星，而那个老家伙是那颗昏星或者晨星——金星，一路紧追不舍。老人们说：看啊！他还在追逐着七姐妹。

关于昴星团，很多人最熟悉的故事其实是，传说她们是巨人阿特拉斯和海洋女神普勒俄涅的七个女儿。阿特拉斯被罚撑住天空，他们漂亮的女儿却被好色的俄里翁穷追不舍。为了保护她们，宙斯迫不得已把她们变成了鸽子，后来，阿特拉斯要求给她们更安全的伪装，宙斯才又把她们变成了星星。你随便往东边不远处一看，就能看到俄里翁像澳大利亚神话里的那个老家伙一样，还在热切地追逐她们呢。

星空的故事让我们缅怀曾经的世界，也让我们关注现在的世界。它们提醒我们要重新校准我们的道德原则，还警示我们防备不时冒出来的真实危险。而且它们起到了展示时间流逝的实际功能，帮助人类建立反映季节变化的历法。赫西俄德的《工作与时日》写于公元前700年，是一首为正式场合创作的适于朗诵的诗歌。赫西俄德是个久经磨砺的农民。他一辈子都在伯罗奔尼撒地区遍地岩石的草地上辛苦劳作。等到他年纪大了，身体不行了，他才发现他本指望能接管农场的比他小很多的弟弟却时时需要他的指导才能赶上季节变化。据说，赫西俄德因此才写下了这首诗。

昴星团在赫西俄德的诗歌里比天上的其他星星都重要：他至少提到了它们五次。比如，以下就是赫西俄德描述昴星团的诗句：日落之际开始出现在东方地平线上，在日出之前消失在西方；它们的出现和消失如何指导耕作和收获。

> 阿特拉斯之女昴星团在日出前升起时，
> 开始收割，在她们沉落时耕种。
> 她们在四十个黑夜白天里
> 隐没不见，随着年岁流转
> 头一回重现身，正是磨砺铁具时。

赫西俄德还用昴星团的消失来预言暴风雨天气：

> 万一你想在翻腾的海上远航,
> 当昴星团从壮丽的猎户座旁边
> 躲开,隐没在云雾迷蒙的海上,
> 正值各种狂风肆虐多变,
> 这时莫在酒色的海上行船,
> 专心耕种田地,听我的话。[1]

安第斯高山里的农民今日还在靠着昴星团来预测天气。他们说要是黎明前的昴星团在天上明亮清晰,那未来几个月都是好天气。如果看不清,那就等着一个土豆歉收的年份吧:这时最好晚点播种,因为降水将会又迟又稀少。现代科学证实了这条已经在当地实践了四百年的技术原则。它能准确地预报厄尔尼诺现象。后者总是随着安第斯山的大旱一起出现。大气科学家发现,原住民采用的对昴星团的原始视觉判断法(从亮度、大小,到第一次看到的日子,还有最亮的星的出现时刻来综合判断)统统都跟厄尔尼诺年出现的高度

---

[1] 此两处译文引自《劳作与时日笺释》([古希腊]赫西俄德著,吴雅凌译,华夏出版社,2005年)。

透明的云团有着各种关联。这就是科学知识与民间实践的相逢啊!

昴星团作为农业时钟,也嘀嗒滴嗒地催促着当今印度尼西亚的农民们耕种。他们深知庄稼好不好可以通过天上星星的运行来预测。昴星团的形状,被当地农民称为"宾堂威鲁库"(意为"耕犁的星星")。它们在清晨东方天空的第一次现身,标志着一个新的农作年份的开始。而在印度—马来的纬度上,昴星团一般在12月底——基本上是冬至后——出现。这意味着农民们可以开始耕作,为水稻种植做准备。而天上也正上演着这一幕呢。想象猎户座是一把犁:参宿七是犁把,参宿五是底座,猎户腰带上的三颗星和参宿六是犁头或是鞋尖(参见第11页的图)。天上这幅铁犁图正好垂直于地平线,仿佛立刻要破开下方的土地。因此昴星团一出现,就宣告劳作即将开始。

而同样的季节事件一再上演:昴星团(当地人称其为伊思里莫拉,意为"掘地星")清晨在东方升起,南非祖鲁人则开始锄地。不过,农民们对什么才是最早的标记争论不休。有人在寻找昴星团第一颗出现的星。其他人则认为要等到昴星团的全部星星都出来才行。还有人说看到10颗或12颗就行了。(我在安第斯山顶清新的夜空中看到过12颗。)祖鲁的农民常常比赛,看谁眼力最好且拥有最丰富的天文知识。他们邻近的科萨人则把农耕或者作物从地里长出,跟年轻小伙子的成年联系在一起。这些小伙子会在那个月行割礼,庆祝自己成年。一个科萨男子的年纪是照他在成年礼之后又经历多少次昴星团在冬季的首次亮相来算的。

昴星团还在一个阿兹特克的曲折故事——我称之为"空中谋杀"——里扮演了配角。这个神话在一段征服期被当时的帝王统治者广为传播。故事的主角是首都特诺奇蒂特兰的守护神——太阳神和战神威齐洛波契特里。战斗中牺牲的阿兹特克武士都跟着威齐洛波契特里飞过天空,从此变成蜂鸟。传说威齐洛波契特里的母亲,穿着蛇裙的地母科亚特利库埃看到一团色彩缤纷的蜂鸟羽毛。安全起见,她把它们塞进了胸部,结果不久就发现自己神秘地怀孕了。这让科亚特利库埃的女儿——月神开尤沙乌奇很气愤。她嫉妒这个尚未出生的弟弟或妹妹,密谋要杀死自己的母亲。开尤沙乌奇说服她的四百个兄弟——昴星团——加入她的计划,可惜其中的一位告密者通知了那个还没出生的孩子——威齐洛波契特里。他突然从母亲子宫里跳出来,瞬间长大,全副武装地加入了战斗。他追逐姐姐，杀了她，并把她的头扔到天上。然后他驱散了那四百个哥哥。

威齐洛波契特里神庙在20世纪80年代被发掘出来。它是古代墨西哥城最高的建筑。庙顶一块石头上镌刻了威齐洛波契特里传奇的出生日期。还有最近在神庙地基上发现的开尤沙乌奇石碑，巨大的石片上展示的是这位月神被肢解的身体。这块石碑被不偏不倚地安置在神庙的中轴线上。春天到来那天，太阳沿着这条轴线升至神庙上空，这正是阿兹特克人为太阳神举行祭祀礼仪的日子。替代开尤沙乌奇尸体的石头被安置在威齐洛波契特里神庙的底下，不仅因为是他杀死了她，还因为这里是征服者瓜分被献祭的俘虏之处。帝国通过星空故事要传达的信息响彻云霄：阿兹特克人会像威齐洛波契特里处置开尤沙乌奇一样，处置那些被他们征服的人。

这种肢解祭礼是跟天上对应的：全体阿兹特克公民会一次又一次定期看到太阳战胜月亮和昴星团。不过跟威齐洛波契特里不一样的是，太阳从西方下到阴间，第二天又会从东边重新升起，而月亮则是每天一早就被太阳追赶，光芒越来越微弱，被一点一点地肢解直至消失，只能到下一个月重新来一遍。而威齐洛波契特里，用编年史家萨阿贡的话来说，他也是年复一年地沿着自己的轨道，"驱散那四百个哥哥"。就像这位太阳神的出生日期一定要突出地显示在神庙广场的上空——此地是祭奠威齐洛波契特里的地方，那条神奇的中轴线也必须分开男女神祇，让他们相向而立，保持宇宙的东西平衡。他（胜利者）就像太阳，而她（失败者）就像月亮。他位于神庙顶端，她则被压在底下。威齐洛波契特里在东方，开尤沙乌奇就得在西边。

就算只是个故事，不论是易洛魁人或者澳大利亚原住民讲的关于保护孩子的故事，还是"空中谋杀"那样的大歌剧，其表演的效果全仰仗背景——靠好好安排舞台上各类元素以提高演员或者歌唱家扮演的角色的可信度。跟我们在庙里、清真寺或者教堂里拜的神不一样的是，阿兹特克人生活在热带气候中，他们一般在室外举行那些神圣的仪式，在开阔的天空下，这样就完全没有我们所熟悉的那些增强故事性的元素，比如彩色玻璃和带画像的神龛等。在一座超过十万人的城市里，威齐洛波契特里神庙及周边地区就是重现阿兹特克人军事历史的大舞台。正是在那儿，在那个城市的仪式中心,那群装饰者——被称作祭司、都市规划者与建筑师——向信徒们传达着信息和旨意。他们费尽心思地保证这些神圣的物体——不管是星星还是石头雕刻——在恰当的时间、恰当的地点组合起来产生恰当的效果。

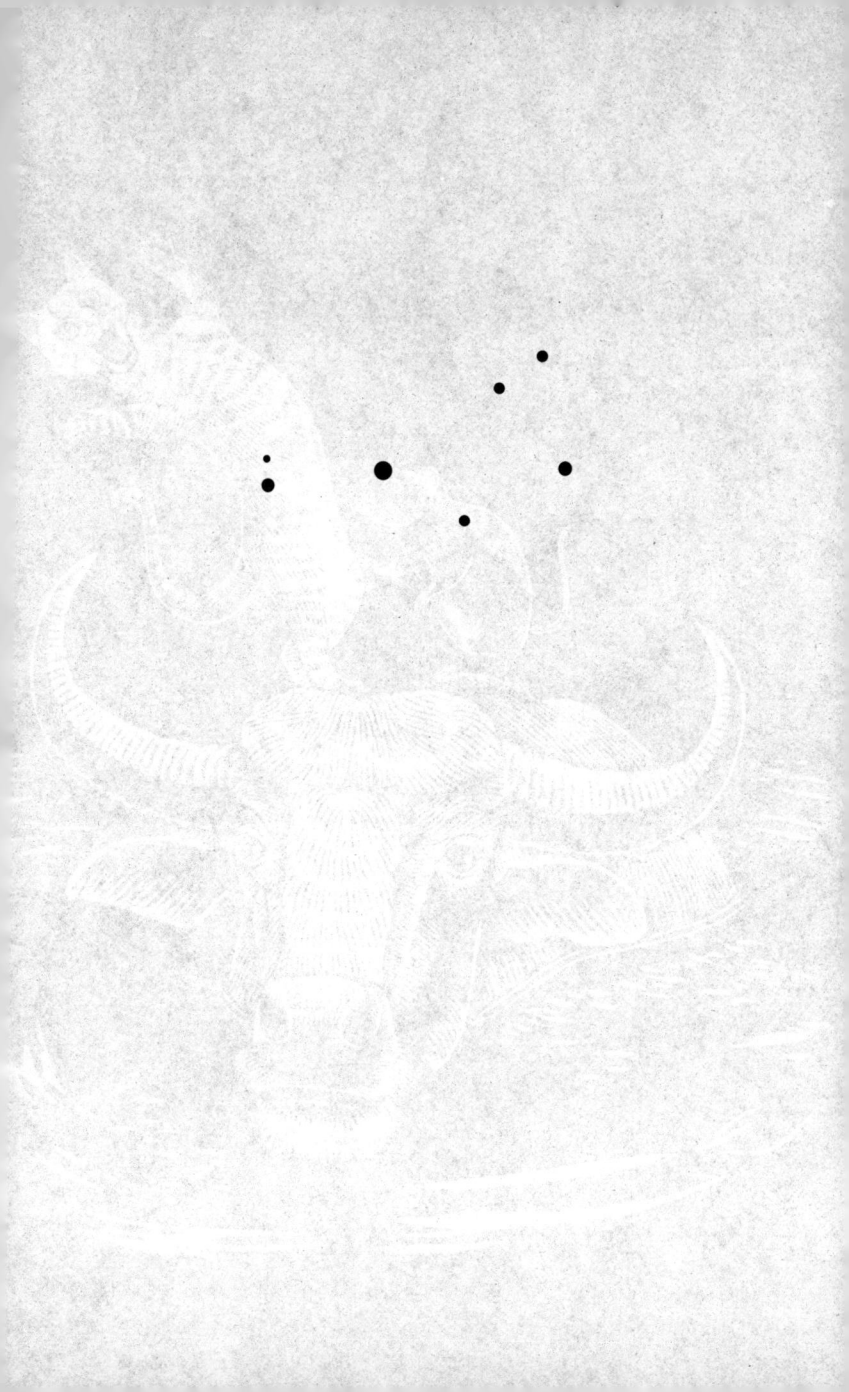

3
环绕世界的黄道十二宫

为了庆贺自己的生辰,中国的玉皇大帝决定设立黄道十二宫。关于这十二个位置,他对动物们设置了一个考验:最先过河的十二种动物将成为胜出者。猫和老鼠当时是好朋友,但他们的游泳水平都很烂。于是他们决定骑在牛背上过河;可是游到一半,自私的老鼠把猫推到水里去了。他消灭了一个竞争对手,但从此多了一个天敌。就在牛快要到达对岸终点线的时候,老鼠奋力一跳,超过老牛,第一个冲到了终点。老牛一向不擅长抱怨,只能屈居第二了。他比老虎只快了半个头。老虎虽然在陆地上健步如飞,可一到水里,毛一湿,身子就往下沉。兔子天生敏捷,本来是被大家看好的,他想着从一块接一块的石头上蹦过河去,这样他就不会打湿自己。可惜在最远的一跳中,他失足掉水里了,不过他很幸运地抓住了一根木头,最终还是安全地上岸了。只是经过这么一番折腾,兔子最终只拿了个第四名。

最让玉帝意外的是,龙只拿了个第五名。当玉帝问他,作为一只有法力的动物怎么才拿了这个名次时,龙说他不得不停下来救一群困在火里的农夫(龙能口吐火焰)。玉帝赞许了龙的善举。马只跑了个第六,而聪明滑头的蛇卷在马腿上搭顺风车弄了个第七名。但是,细心的裁判发现蛇把头伸得长长的,比马先触碰河岸,所以他们的最终名次倒过来了。

还有五个位子空着,观众们继续为拼命泅水的猴子、公鸡和羊加油。他们正互不相让,齐头并进。最后时刻,猴子和公鸡突然决定把第八名让给羊,因为他们觉得她是和所有的竞争者相处得最为和谐的。接下来湿漉漉的狗也到了,耷拉着舌头粗气直喘。狗性难改,他一路上尽玩水了。第十二名呢?怎么看不到影子?玉帝正想要宣布比赛结束,大家却听到一阵哼哼声。原来,懒惰的猪终于停止了进食,又下到泥巴里打了几个滚儿,才终于在比赛结束前赶来,成了最后一名。

从这个比赛故事中,我们很容易看出中国人是如何拿动物作比,用宇宙当背景,来评价人类的道德行为的——比如聪明的蛇、贪玩的狗、懒惰的猪等。中国人的十二生肖是一系列的动物，而在英文中，黄道写为"Zodiac"，这个词源自希腊语，恰恰也是"一圈动物"的意思。天文学对"黄道带"的定义是绕天空一圈的一道18度宽的环带，一圈又被分成12段，每段30度。黄道带是天上的一条布满星星的天路，太阳一年沿黄道穿行一圈，月亮则每个月在黄道带中绕一圈。黄道带还是其他五颗亮星在夜晚来回移动的轨迹。这五颗星星是水星、金星、火星、木星和土星。

虽然现代天文学告诉我们是地球绕着太阳跑，一年一圈，可我们实际上看到的是太阳在星星中穿行，每年从西边移向东边。（我们目睹太阳跟其他恒星一起每天从东向西移动，不过用现代话语来说，这是因为地球24小时自转一圈。）同样地，在我们的想象中，月亮应该绕着地球一个月转一圈（几乎就跟地球轨道在同一个平面），可实际看到的是它在星星中穿行，而且是自西向东，一个月一圈。还有，我们知道星星们围着太阳转，有着各自的周期，可我们实际观察到的是它们都行进在自西向东的星际公路上，除了偶尔短暂的退后（逆行）。逆行一般发生在地球超过它们或它们超过地球时。就像你在高速公路上超过跟你同向行驶的其他车辆时，相对远处的山和树而言，被超过的车辆看起来就像在倒退。

西方一般认为太阳、月亮和其他"流浪者"(在希腊语里，planet 的意思)都在走"安努之路"，这是古代苏美尔人给黄道取的名字。明亮的星星照亮前路，它们的位置由神使来解释。神使掌管自己所辖区域内大小事务，并负责告知神灵的未来使命。黄道的北半区，也就是靠近北回归线的部分，是大地之神恩利勒(或叫贝尔)的路；而南半区，南回归线区域是水神埃亚的路。天神安努是所有神祇的祖先。他定期沿着黄道视察各个站点，结交在那里做客的各个行星神祇。

托鲁斯，也就是金牛，是俄里翁一直追击的对象(神话里似乎也没给个理由)。它是希腊天体动物园里最早的成员之一。还有狮子利奥、天蝎斯科皮尤斯，早在公元前 3000 年前，金牛就跟它们的雕像一起作为纹章形象出现在边境标记和圆形印章上。它能在银河与黄道交叉的繁忙十字路口占据一席之地，全仰仗宙斯对它的报答，因它曾驮着月亮女神欧罗巴从腓尼基跨海回她的家乡克里特岛。还有个更生动的说法是宙斯爱上了欧罗巴。为了取悦她，他变身为白牛以接近她。欧罗巴也被这动物的魅力打动，于是骑上它的背，一路被驮到了爱琴岛。

利奥是万兽之王，可是后来被赫拉克勒斯徒手所杀；我们前面已经讲过天蝎斯科皮尤斯了，它注定待在俄里翁的正对面。处女弗戈是三个人类星座之一。因为她跟天秤利布拉类似，代表宙斯的另一个女儿戴克，也就是正义。人们说弗戈曾经跟我们一起住在人间，不过她后来越来越厌恶人类在黄金时代以后的堕落，最后放弃了维护法律的职责。于是她自我放逐，先是躲进了遥远的山里，后来当凡间事务越来越糟糕时，她则回了天堂。宝瓶座阿奎利尔斯看上去就像一个端着瓶子倒水的人，它是黄道序列中三个连续的名字和水有关的星座之一。另外两个是半鱼半羊的摩羯座和双鱼座。这三个星座在天空连在一起，提醒人们太阳在雨季时还是会经过他们的房子。雨季是个容易受灾的时节，只有在太阳离开人类后于黎明时在东方地平线上重新出现才算结束。希伯来语中，有些月份的名字如尼散月（牺牲）和以珥月（开花）仍然遗留有当年当地居民的仪式和农业活动的痕迹。

除了出于为传统故事赋予恒久意义的目的，一种编造黄道故事的文化上的欲望，似乎被人类总想给自然力量附上世俗属性的偏好，激发得更为炽热。即便是今天，天文学家们还会使用星星的"诞生"、黑洞"吞噬"星星、超新星"死亡"前经历的最后的灾变性爆发这类描述。那么，耕作于田间的人们看到四季变化,看到太阳一年12个月都位于不同的位置,会把太阳的这些位置对应自然界事物来描述也就不奇怪了。

在单词联想测试中,"黄道"对应的标准回答通常是"占星术"。不管你信不信星象物语或者姻缘配对,占星术一直都是人类共同心理的一种,目的是要寻找世界的秩序,找到我们坚信一定存在的潜在和谐。喜欢追问是人类的天性;权威和支配的来源是什么——为什么有的人在他人之上?为什么统治者凌驾于被统治者之上?为什么人类在自然之上,或者为什么自然在人类之上?我们怎么才能知道接下来会发生什么事?在所有的传播原始秩序、完美和确定性的自然媒介中,没有哪种能超越天空。还有什么比太阳、月亮和星星沿着黄道带运行更为亘古不变的呢?天上的标记是可靠的,这就是我们总信赖它的原因。

不过,想从观测星象中获得先见之明并非异想天开。它需要的不仅是对这非凡手段的高度熟悉,还有专业天文观测者的熟练技巧和持久耐心。我们可以从古埃及著名占星师哈尔赫比的雕像铭文里看出,通过星星来揣度天意在当时定然是极其高贵的职业,担任这一职务的只能是"世袭的王公伯爵。他们穷其一生,精研这神圣手笔,观测天地万物,练就测星金睛,丝毫不能出错;他们宣告时代的起落,代表诸神预测未来"。

古代文书也揭示了占星师的生活绝不舒适。你从这位活跃在公元前7世纪亚述宫廷的占星师米纳毕图的日记中就能感受到他们的战战兢兢,以及成天担心饭碗不保的心情。

> 国王已下令:仔细看,告诉我发生的一切!所以我向国王报告所有的吉祥之兆,(还有)国王陛下知道就会受益的星象……要是国王问:"有没有那事的征兆?"(我就答:)"既然它(火星)已经落下,就不会……"要是国王说:"为什么这个月第一天(都过完了),你还没有报告我到底是吉还是凶啊?"(我就答:)"天机不可随便泄露!"

这位胆大的占星师后来哀叹:"总有一天,国王陛下会心血来潮地把我召过去,让我给他一个明确的结论!"可怜的米纳毕图!

我们在巴比伦的一位祭司的话里也能感受到同样的焦虑。他的眼睛盯着天空,虔诚地献上动物,唱诗般向诸神祈求:"啊,昴星团、猎户座,还有天龙座……即时听命,且后……示我真相。"

冒险的占卜师是否能及时领会大自然的天机,我们不得而知。也许他通过观测火星在黄道上的一系列位置变化,选对了月份却选错了日期。或者他混淆了世间跟它相关的事件。又或者他超负荷工作,太累了,没能妥善地完成自己的任务。上面引用的那些话解释了古代占星师并非我们想象的那样,像个江湖骗子,相反,他其实是绝望的观星人,在他从事的行当里非常努力地抓住那些复杂的规律。至少在国王眼里,宫廷占星师压根儿就不是什么真实知识的通灵者,更不是实权的掌控者。有时候,来自上面的声音非常清晰,可有时候,比如"示我真相"之类的,其实非常难懂。可那时,哪一种流行的宗教没有跟出人意料的新东西纠缠过呢?宗教其实并非致力于给我们关心的所有重大问题提供准确答案。

当一个国家的福祉完全仰仗于宫廷占星师的表现,而他又难以胜任时,他就会付出沉重代价。和与羲是公元前

2000年中国的一对司天官[1],据说他们因为失职而被处死。几百年后,有一首打油诗感叹了一下他们的命运:

> 羲和此地眠,
> 苦命不等闲。
> 赴死因失察,
> 日食本不见。[2]

民间流传的故事说他们当值的时候喝酒了。而据严谨的学术研究推断,他们一定是在日食发生时举止不当才遭此厄运。

上行,下效——星象研究背后的逻辑倒是直截了当。通过日积月累的经验,细心的观星人会很快发现,太阳和月亮的运动周期与四季变化、潮汐、月经及其他生物节奏的关系。

---

[1] 这可能是西方学者的误解。在中国古代神话中,羲和被称为太阳之母。《尚书·胤征》则讲述了羲氏与和氏因玩忽职守被斩首的悲剧故事,那是文字记载的最早的日食现象。在《尚书·尧典》中,羲氏与和氏是掌天文历法的两大氏族。但到后来,羲和已是负责天文历法的官职名称,并非两人。
[2] 打油诗散佚难查,此为译者依据本书的英文版译出。

那么,接下来,我们就会发现大自然中一些可以做出最精确预测的阶段性现象之间的关联。比如日食,或者金星作为晨星出现,还有一些难以预测的现象,比如鼠害或蝗灾。这类问题正是这些古代宫廷计时官员脑子里想的东西。这些前科学时代的专业人士创作了天文石板的内容,并口述给抄写员。凡人和上界的对话语言包括祭品和符咒,而不是科学实验。交流的实现是通过魔法和辟邪物,而不是指南针和望远镜。

如果黄道和占星术已联系在一起,那么单词联想测试的另一个词是"horoscope"(天宫图)。那是古希腊人留给我们的单词。"horoscope"的意思是"我观察时辰",或者表述得更口语些,"我看着它升起来"——这是一种预言艺术。它可以根据你出生时所在地东方地平线上升起的天体来预言你未来生活的图景。古巴比伦人的占星师关心的是整个国家的命运。希腊人跟他们不一样,他们是在民主体系下长大的,相信每个人都有权拥有自己的星座预言。想象一下,2500年前,一群熟练的占星师在雅典市场或者是公共中心为众人提供星相咨询。客户可能会问:"我妹妹怀孕了,能不能顺利生产?""下个月,我们的庄稼能遇上好天气吗?"在古希腊文化中，每个人都有权了解未来。

中国人其实发明了三个类似黄道的体系。一个是前面提到的十二生肖，是十二年而不是十二个月，每种动物代表一年。另一个是二十八星宿，沿着天赤道而不是黄道排列。这个设计是为了追寻月亮在天空的运动轨迹。而第三个则是把天空（也是沿着赤道）分成了四个方向，每个方向都有一种吉祥动物镇守。东青龙，南朱雀，西白虎和北玄武。四方都有自己的特色——季节、色彩、元素等都不一样。

中国的星宿，出现在公元前5世纪的坟墓星图上。上面的符号有的以拟人化的动物或人的身体器官命名的，比如觜、胃、翼、牛、心和亢，或者用居家之物命名，比如斗、房、井和箕。还有几个星宿，比如鬼和参（参即"三星"，也就是猎户座腰带上的三颗星），命名则更为抽象。虽然这套系统很复杂，这些名字却并不隐晦，也并非跟现实世界不相关。比如，昴和尾与武士相关，毕跟猎人相关，娄跟囚徒相关，胃与仓库和粮仓相关。觜掌控着野生植物的收获，而鬼则能查明针对皇帝的小人与阴谋。

每一个星宿都代表一种特定的征兆。就跟巴比伦人的占星术一样，这些谶语都跟中国皇帝，也就是天子及天体力

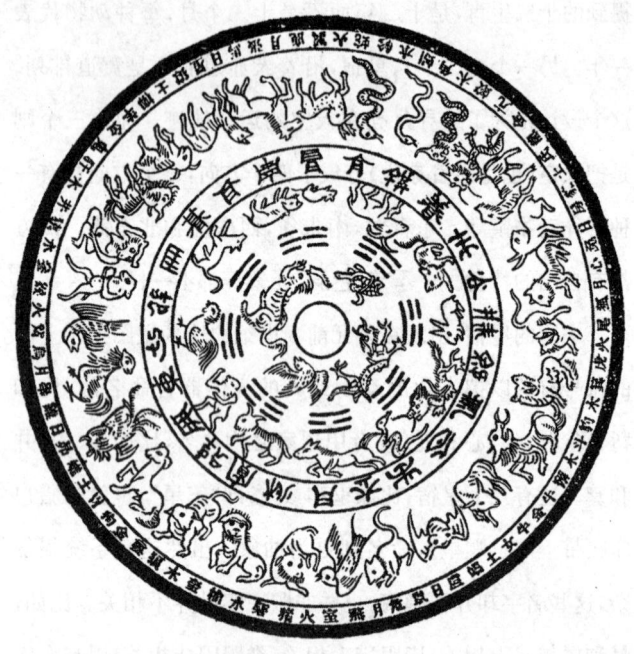

唐朝铜镜,背面综合展示了中国古代三种类似黄道的设计,从里到外分别是四象、十二生肖和二十八星宿(Granger, www.granger.com)

量的影响相关。因而"明主在位,月行其时","权臣营私,则月沉北南",或者"若月行迟缓,皆因君主滥施刑罚"。[1]

生肖是太阳的精华,是生命的力量,代表仁爱和美德——显然都是皇帝的品格,不过也可能显露他的缺点。太阳表面的任何变化都预示着帝国的改变。比如,战争期间,太阳颜色的变化可能就是战败的兆头;和平时期,它可能意味着大贵族的薨亡。月亮有着自己的移动轨迹,它是太阳的对应物——而非对手,是太阳的补充。它的本质是太阴,一般与皇后及其品格相关联。月亮也非常值得仔细观察,因为在明智的皇后在位时,它会正常运转;而当刑罚不能正确实施时,它就会偏南或偏北;而如果它变色的话,可能意味着皇后干了愚蠢的事。

追踪其他星星的轨迹,尤其是木星的轨迹,也是中国古代占星术的重要任务:行星的进退,还有它们在黄道星座中快速的前后运动似乎都预示着人间事件。一颗行星经过另一颗行星有特定的词来描述,就像人们在社会上的起伏升

---

[1] 中文原文难以查询,可能来自战国时期天文学家石申的《天文》。在后一段中,作者认为月亮的运行与皇后的品格及言行有关。此处却将月亮与君主相关联。疑有误。此处仍按原文译出。

降；而一颗行星"冲撞"甚至"遮蔽"了另一颗，都是非常值得注意的；还有两颗行星在同一条线路上背向而行或相互遮掩，相互连接然后又分开，或相撞，都是极其重要的。比如，明朝的统治者把公元1524年行星的一次大聚集看作他们法统崩塌的预兆。那一年，火星、金星、木星和土星都来回躲闪，然后在玄武方向连接起来。明朝的占星师把这些星星叫作"皇帝的宠臣"，难道它们聚集在天庭一起讨论如何在下面的人间施行政治改革？明朝的历史记录显示，上一次同样的行星聚集是在约2500年前的公元前1059年。那一次它们聚集的区域是朱雀方向。于是，人们把这次事件跟周朝推翻商朝联系起来。中国的历史学者认为，明朝人可能知晓公元前1579年也发生过类似事件。三颗星维持了516年的超长聚集，预兆了社会的大变革。就像伯利恒之星在基督教徒看来，标志着耶稣将作为基督降临世间。有天文学家发现，在这位基督教救世主诞生之时，也发生了明亮的木星和土星在双鱼宫紧密相连的现象。

中世纪欧洲的宫廷也像中国宫廷，占星师行走其间。主教和国王、教士和贵族——任何人想知道天上会发生什么事，更重要的是什么时候发生，都会去请教这些智者。14世纪佛罗伦萨宫廷的占星师切科·达阿斯科利就是个知名的预测行星相连的行家。他是方济各会成员,佛罗伦萨医生们的特别顾问。他在自己的《占星术原理》一书中写道:"作为一个医生,你必须了解星星及它们之间的关联。"接下来,他列举出一系列植物和草药跟各自的星星的关联,指导人们按照天时进行管理。不幸的是,达阿斯科利被权力和名声冲昏了头脑,以至于逾越自己的专业限制。后来他开始尝试进入占星术预言的禁区:既然有基督的诞生,那魔鬼何时会降临?世界末日又会在什么时候到来?结果他落到了天主教异端审问的裁判者的手里。1327年,天主教教会烧死了达阿斯科利,不知道是因为他滥用占星术还是政治斗争的结果。判决他的一位法官是来自阿韦尔萨城邦的主教(也是方济各会成员)。他认为达阿斯科利是敌对城邦切塞纳的同盟。后者支持达阿斯科利所属的方济各会分支脱离主会。

我们这些习惯了对物理现象寻求理性解释的人很难揣测中世纪的人把世间事物跟星体运动联系得有多么紧密。1348年,巴黎大学医学系报告,1345年3月20日下午一点钟,火星、木星和土星在宝瓶宫聚首。这预示了世界上最骇人的一件事。怎么回事呢?说是木星性温而湿,会把地球上邪恶的雾气吸出来，而又热又干的火星就会把它们点燃，邪恶的土星则趁机把这些点燃后的气体传播到整个人类世界。于是接下来三年，黑死病灭绝了欧洲近一半的人口。也许我们现在只是把这种星星间的相遇带来的灾难换成了亚马孙流域的森林减少、臭氧层的消失、全球气温的升高等，所以人们不免怀疑，现代科学到底是否比中世纪占星术更能掌控我们星球的命运。

1542年，当西班牙征服者进入位于尤卡坦半岛西北部的玛雅首都玛雅潘时，他们一路都带着罗马天主教的牧师。牧师的主要职责就是将异教徒改造成基督徒。他们首先要做的就是拆除当地的宗教建筑，烧毁能找到的一切"经文"——涂满石灰的树皮纸做的书，上面记载了定期祭祀时间的天文知识。一位传教士在新建的教堂门口点起熊熊大火，燃料就是这一叠叠记满象形符号和点点竖竖横横的数学记号的硬壳文件。这次的破坏是灾难性的，除了旁观者想留作纪念而偷偷留下的几片外，无一幸存。这宝贵的几片后来也遭到了严重腐蚀。它们以目前保存它们的图书馆所在城市的名字命名：巴黎手抄本。直到19世纪50年代，它们才被重新发现。当时它们已经被遗弃在法国国家图书馆一个烟囱的角落里，湮没在积满烟灰的故纸堆里。在这所剩无几的残片的第23页和第24页上，有几幅动物图画。动物都悬垂于一根连续的纹带下面，嘴里紧紧咬住太阳的符号。从手抄本其他部分的风格和相邻几页的内容来看，那条纹带代表着双头大天蛇（卡安）的身体。下面的动物就一直排下去。共有13种动物组成了玛雅黄道。

最容易辨认的动物是响尾蛇，可以很清楚地看到它的响尾；还有乌龟、蝎子和两只鸟，其中一只可能是秃鹫；不太确定的还有青蛙、鹿、人类头骨和野猪。难道这些就是吞噬进入黄道区域的太阳、月亮和其他星星的天体生灵？在动物图像的下面是玛雅人日期的名称和数字。每28天为一个独立的日期条目。这种28天的时段总共重复了13次。加起来，每行包含364个日子。跟中国的黄道一样，数字28说的是月亮的事儿。古代玛雅人似乎是用这张表来记录月亮在星星中的运行轨迹。他们把一个阴历年分成了13个月，每月28天，一年就是364天。不过另外的证据显示，玛雅黄道动

"巴黎手抄本"上的玛雅黄道残片,一对飞禽并列在一条有着长鼻子的蛇的两侧(法国国家图书馆)

物不是我们以为的线性排列。实际上,这些星体是以交替、成对的形式出现的,这样,当第一个动物刚出现在东方地平线上时,第二个正好位于西方地平线上,大概相差160度,就好像它们还要遥相对话似的。在尤卡坦半岛的纪念性建筑物屋檐下的装饰带上,人们还发现了玛雅黄道的其他两种表现形式,各自都标明了金星的位置。

玛雅黄道还出现在位于墨西哥恰帕斯州的博南帕克宫一处室内穹顶的精美壁画上。壁画描述的是一次战斗后的投降及战胜的统治者就任的场景。画面上,我们看到一条跟巴黎手抄本里一样的天蛇纹带。它上面有四块椭圆形的涡卷饰。其中绘有两个星座:一只乌龟和一对正在交配的野猪,旁边有个人正挥舞长矛,另一个人则端着一个陶瓷容器。四块涡卷饰上都装饰有代表金星的玛雅象形文字。在黄道饰带下面还有一个可怕场景:一群刚在战斗中被打败的武士,畏缩着祈求衣着华美的博南帕克国王饶他们一命。国王站在那里,形象比实际上的大多了。他看着刚被自己征服的人,略有犹豫。一名受害者举起血淋淋的双手,他已经遭受刑罚,指甲被扯掉了。而他旁边是另一名受害者被砍下的头颅。战争中的征服和权力转移,是玛雅壁画和雕塑中紧密相连的主题。有意思的是,博南帕克宫里的纪念碑上刻的日期明确指出了金星第一次和最后一次显现的时间——"星球大战"的预言?

我们不知道1 200岁的玛雅壁画是如何预言出这些事件的,而古代玛雅人的后代也几乎不知道他们的祖先是如何使用这些手抄本的。为了搞清楚占星师们过去是怎么做的,我们必须依靠对现代玛雅人的人种研究。在一个此种研究的案例记载中,占卜者和客户面对面坐着。中间的桌子上点着蜡烛,摆着香炉、种子和水晶。跟在雅典的市场上一样,由客户提问。这是一段好姻缘吗?这种病有主吗?(我的病因是什么?)萨满从他的占卜袋里拿出一些东西,模拟占星师,按照手抄本记载的步骤向老天发问,说道:"今天借口气。"然后分别转向四个方向说:"我今天借气,借冷,借风,借云。旭日的迷雾(东),夕阳的薄雾(西),天之四方(南)和地之四角(北)。"然后他召唤自己血液里的雷电,让它说出真相。今天,大多数的占卜都是数水晶和种子的组合——拿掉或者替换不同的组合,而这些组合代表不同的日期和献祭仪式举行的地点。

我说的这些对占星术深信不疑的人的操作可能会让你,

尤其是受过科学教育的人不舒服。你可能会问：这些信徒怎么会把他们的命运交给一个跟他们的日常生活毫无干系的人，根据他的占卜结果来下决定？要是今天位高权重的人还实行这套怎么办？那世界会变成什么样！对我们大多数人来说，占星师的信条毫无逻辑，不值得信赖。而他们的行为更是太过武断和主观了。

现代科学家说，占星术那一套说法不能形成完整体系以简化或解释所有行星围着太阳转的运动，所以没什么用。尽管我们一看到巴比伦人对天体运动细心的观测和有条不紊的记录就大加赞美，又赞叹玛雅天文学者拥有精确的天文知识和复杂计算的手抄本，然而我们对他们的宇宙观，或者说对于他们把对天空的崇拜融入宗教实践和日常生活的做法，还是无法认同的。

不过在诧异于这些古人跟我们如此不同的同时，我们得提醒自己，不管是古希腊人、古代中国人，还是玛雅人，占星术传达的信息都是为跟我们生活在完全不同的环境下的人设计的。我们不应仅仅把占星术的预言和征兆看作听天由命与不可靠的猜测。实际上，它们起到了提示人们去思考和讨论人类事务的作用。这些古人寻求的信息不为现代天文学所重视，可是当时他们觉得这种信息对他们的生活来说是必不可少的，而且他们把这些知识和他们深信不疑的信仰结合起来去考虑人与自然的关系。如果我们的思想足够开放，世间的各种黄道故事也能教给我们更多关于自身的知识。

4

银河传奇

新西兰的毛利人有个关于围绕地球和天空的河流的故事。故事的主人公是一个叫塔马·热勒提的伟大勇士。他住在陶波湖的南岸。很久很久以前,天上还没有星星,一到晚上就很黑很黑,人们都看不清路。塔尼瓦是一种类似鲨鱼的怪兽。它背上长着巨大的矛刺,还有硕大的眼睛,可以在晚上看得清楚。塔尼瓦经常晚上出来攻击和吞噬其他动物。幸运的是,它白天回到湖底或河底的洞穴里睡觉。

一天,塔马·热勒提一醒过来就觉得肚子饿,于是他决定去打点鱼来当早餐。他收拾好渔具,把它放到独木舟上,然后把舟推进了湖里。顺着从南方吹来的微风,他升起风帆,划桨驶到他最喜欢的地方。离岸半个小时左右,他一下子就抓了三条大鱼。不过,等他决定返航时,风大了起来,于是他决定等风小了再回去。他躺在小舟上打了个盹。这个年轻的勇士醒过来时,发现自己漂到了湖的北岸,肚子也很饿。他把自己的船具装备带上岸,点起一堆篝火,把钓来的鱼烤来吃。看到自己的影子变得很长时,他意识到太阳快下山了,他无法在天黑之前赶回对岸的家。更糟的是,塔尼瓦很快就会浮上来搜寻自己的美餐了。

塔马·热勒提坐在岸边的一根木头上想办法。这时,他看见湿淋淋的鹅卵石在落日余晖中的熠熠光辉。他突然有了主意。他在独木舟上装满鹅卵石,然后将船推向湖面,航行至此处。在这里,宽阔的大怀卡托河流出湖泊,流向天空,流向化为雨水的地方。塔马·热勒提顺着涌向天边的湍急水流一路前行,不断抛出鹅卵石。独木舟划出的尾波变成了银河,而抛出的鹅卵石则成了星星,照亮他前行的路。恰好在黎明时分,塔马·热勒提抛掉了最后一块鹅卵石,同时也看到了东方山上自己的村子。河流在那里开始奔腾而下。这一路上,天父朗吉努伊很高兴看到塔马不仅创造了美丽景色,还能帮助人们晚上看清自己的路。他问这个勇士,愿不愿意把自己的独木舟留在天上的星星之间,作为对自己这一伟大创造的纪念。塔马同意后,朗吉努伊用天蝎座头上的几颗星标出了船身,用心宿二标出了船身和海面相交的波峰,

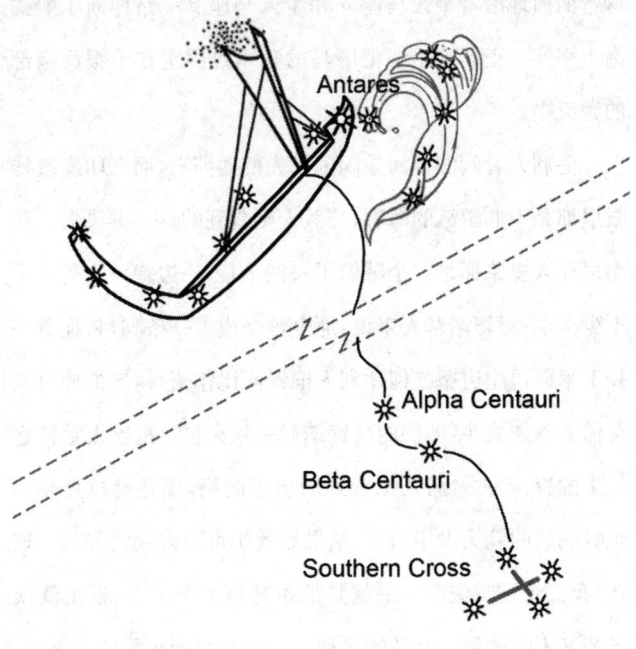

塔马·热勒提的独木舟,新西兰的本土星座(Julia Meyerson 绘图)
Antares 心宿二   Alpha Centauri 半人马座 α   Beta Centauri 半人马座 β   Southern Cross 南十字座

还有一根雕刻精美的桅杆伸出水面。天蝎座尾部的星星是船尾。银河中一条明亮的星云是它的航路。船锚的绳索则弯弯曲曲地沿着半人马座α和半人马座β一路伸向了船锚南十字座。正是这船锚把塔马的独木舟固定在了银河南部的激流中。

毛利人看到的银河是闪闪发光的鹅卵石,而在印度教徒眼里那是一群游泳的海豚,芬兰人则看到的是一群飞鸟。亚美尼亚人想象那是一个贼偷了一捆干草,一边跑一边落下了不少干草;对切诺基人来说,那个贼变成了一条狗,它拖着一袋玉米面边跑边撒。匈牙利人把银河比作骑兵,匆忙冲过人行道去参加战斗,他们的马蹄踏起一片火星。祖鲁人觉得它是牛的胃;而古希腊人则看到洒出来的奶,那是赫拉克勒斯吮吸妈妈的乳头太用力了,结果导致奶水飘得漫天都是。现在,我们管它叫银河——就是那条环绕整个天空,发出淡淡光芒又不时被黑云遮蔽的光环。它是我们所在的星系家园,是我们同2 000亿颗恒星和百万个太阳系一般的恒星系统共同栖息的几千亿平方光年的空间。银河之所以看上去像一条布满星尘的大路,是因为我们身处它那像威化饼干一样单薄的、盘子似的旋转结构中。星系中的星星相隔如此遥远,却又数量巨大,所以最终只能成为连成一片的背景。

我们的祖先也不是一开始就把银河星系看成这样。睿智的亚里士多德认为它是被清风吹上天的一团气。直到望远镜被发明之后很久,观测者才解决恒星的漫射光问题。直到20世纪20年代,天文学家们才渐渐明白,"我们的家园"在星云的王国中(借用宇宙膨胀的发现者、天文学家埃德温·哈勃的话)不过是更大的宇宙范围内数十亿螺旋形或椭圆形转盘中的一个而已。

北半球的观测者在夏日的深夜可以很清晰地看到这条光带。这时,它最亮的部分就在头顶稍微偏南一点的位置,连接南北。银河从天鹅座向南经过天鹰座,途经射手座以后开始变宽变亮。从这里,以我们为中心看过去,还有25 000光年才能到达透镜形状的星系中心。这部分的星系凸起包含四分之三的星系质量,包括能产生恒星的星际气体和尘埃。要是有一台足够大的宇宙风扇能把这些尘埃吹跑的话,你便能就着这银河的光看书了。

星系中心是这条光明道路上的凶险一站。那里有一个超级巨大的黑洞,还有无数正在爆发的超新星。很显然,我们美丽的家园所在的这个不稳定社区不是个安全的首选安家点。接下来，银河穿过天蝎座。要是你在北半球能看得够远，你还能看见它继续穿过半人马座和南十字座，然后从大犬座和小犬座，双子座还有猎户座之间往北回转一点。银河在经过金牛座和御夫座的时候变得稀薄暗淡。看到这里，你已经是朝向银心相反的方向了。最后，这条光带在英仙座和仙后座形成完整的一圈。

跟黄道一样，银河跟地球的自转平面也不是对齐的，所以它在天空中也是上下翻腾的。在 24 小时里，它相对于恒星运动的动作幅度可比黄道大多了（上下有 60 度，而黄道只有 23.5 度）。想象自己在初秋的黄昏头朝南仰面躺着，你会看到银河在头顶上自东北到西南横跨天空。到半夜，它会变成从东向西，而一早又成了自西北到东南。如果晚上持续观察，你会发现它的位置不断变化；初春时就反过来了。有些时候——比如初春的半夜时分——银河几乎是平的，环绕着地平线。要想搞清楚银河的移动模式，你得观察一整年才行。观察它在四季不同的变化，就好像趴在玻璃桌面看硬币旋转。怪不得古代玛雅人觉得那是一条曲折脐带，连接着天上和地下。可惜的是，我们现在大多数人居住的城市的灯光遮蔽了尤卡坦人在夜空看到的景象。

有些现代玛雅人认为银河是一条星际大道。比如乔尔蒂玛雅人就叫它卡米诺·德·圣地亚哥,也就是圣詹姆斯之路的意思。这是西班牙朝圣者们去往信徒圣詹姆斯大教堂的一条条大路组成的网络。他们尤其注意它在天空相对太阳的位置。其他玛雅人把银河说成一条星河。它上面有艘小船。小船载着划桨的神和我们的创造者元父出入阴间希泊巴。玛雅的绘画和雕塑中有一种设计样式就来自《波波尔乌》,即《忠告书》。里面有个创世纪的故事就讲到了银河。黄道在书里是一条双头蛇。而位于这条蛇穿越银河之处的星座被认为特别重要,此处即猎户座、金牛座和双子座相聚的地方。故事开始于三炉石的点燃。三炉石还记得吧?那是包括猎户座大星云在内的猎户座下面的区域。元父是从宇宙神龟的壳里重生的。就是猎户腰带延伸出去的那只神龟。元父树起了一棵世界树(银河的另一个称号)。一开始,它的形状像只鳄鱼。昴星团就是那一捧种子。只要种下去,它们就会长成多产的世界树。在昴星团跨越天顶的几个小时后,宇宙大火会从南北方向的穹顶上夺目地烧过去。而银河的这一段就是从火中升起长出世界树的地方。每年,创世时钟都会重新走一圈,把整个故事重演一遍。

对玛雅文字和雕塑的考古发现也证实了这个关于天空的创世纪故事。蒂卡尔废墟上的骨雕描述了一对神,桨手贾谷尔和斯汀·雷。就像《波波尔乌》里说的,雕塑展示的是他们正引导小舟航行在银河上,前往创世的地方。小舟载的乘客就是正在发芽的玉米神。银河在南北向时是竖直的,是世界树的模样;等它旋转到东西向时,位置就低到地平线上了。这时,它的模样会变成地下的宇宙怪兽,或者鳄鱼。世界的创立故事就这样在地球上不断重新上演。

在巍峨的安第斯山区,银河是水的流转。在这险峻的环境中,海拔可以在100英里内从15 000英尺[1]降到海平面。这就能理解为什么当地人珍惜这最为宝贵的液体的运动了。它可能在一场大雨后立刻消失。水什么时候会从天上来?它又会从什么方向流走?怎么才能最好地利用它来灌溉庄稼?

在古代,印加人说,创始者风暴之神维拉科查(在现在还在用的盖丘亚语中,这个词是"海面泡沫"的意思)从的的喀

---

[1] 英里、英尺,皆为英美长度计量单位,1英里约等于1 609米,1英尺约等于0.304米。

喀湖（位于玻利维亚）中升起。他跨过天空进入大海（厄瓜多尔岸边）。古印加帝国首都库斯科城（秘鲁）附近的米斯米奈村的居民说，维坎纳塔河——这条把水运往大海的主要河流——在地平线上的某处分流，又流回天上成了银河（他们或称其为玛雨）。这天河的方向跟维坎纳塔河的流向一致。西班牙耶稣会士、作家贝尔纳贝·科博写道：

> 另外，他们说穿过天空中心的那条大河，也就是我们在地上看到的他们称之为银河的那条白带……他们相信，这条河就是地上流到天边的水流汇合出来的。

在今天的米斯米奈村，银河是村民们在陆上定位天体的最重要的视觉辅助工具。旱季，刚入夜的时候，当银河首次清晰可见时，它是从东北伸向西南的。雨季，这条河是从东南流向西北，两头都跟维坎纳塔河相对应，把大量的水送回地上。

村民是靠记录四个日期把时间跟空间联系起来的。它们是某个查斯卡，也就是明亮的星星在银河旁边出现又消失的日子。朝圣之路就是沿着跟雨季轴心一致的银河一路回到原初时代。那时，印加的祭司们就是沿着这条路从库斯科走到维坎纳塔河的泉眼边上。他们通过地上银河这条路给诸神献祭。每年6月，包括游客在内有超过50 000人会参加前往科迪勒拉·维坎纳塔山系中的21 000英尺高的奥桑加特山的朝圣之旅。山上融化的冰川至今仍是安第斯山脉分水岭的主要创造者。

从安第斯高地的东边下去就是亚马孙雨林，圣水故事在这里继续。巴拉萨纳部落的人们在亚马孙河盆地里打猎，捞鱼，采摘。他们跟外来者说自己住在世界的中心。他们说的还挺有道理的：因为他们住在赤道边上，他们看到的星星，每天是在东西轴线的两边垂直运动的；而且，他们在春季和秋季的第一天看到的太阳是从头顶经过的。他们把星星称作"宇宙里的人们"（umuari masa）。根据巴拉萨纳的传说，他们是最初的太阳的孩子。他们死后会立刻复活，并从此获得永生。死亡是这个创造过程的下一步。他们会活在地下的时空中，在我们俗世的对立面。当我们沐浴在日光中时，他们那边是黑夜。我们的河自东向西流，他们的则自西向东。他们把男女、水土等统一成一系列二元互补的要素。

在巴拉萨纳宇宙中，最重要的人住在银河，或者他们称之为"星路"(nyokoa ma)的两边。他们把银河又分为两段，这点倒是跟他们的安第斯山脉的邻居差不多。一段叫新路，从东南伸向西北；另一段叫老路，呈东北到西南走向。他们细致列出了银河边的居民，每段十个，就跟我们排列黄道动物一样。最重要的都是主星座：昴星团是新路上的头，天蝎座则统领着老路。

昴星团（他们称之为明星）是个叫莎曼的女人。她的星星由她以前用来点着森林开荒辟地的木条组成。11月明星出现，预示着雨季的结束，人们开始清理森林。当银河中新路部分的居民点亮夜空的时候，他们提醒巴拉萨纳人为了生存必须承担的职责，也告诉他们，他们的善意最终会得到粮食回报。新路上的星座带来的好东西包括熏鱼架子（毕星团）、扁斧（猎户座的腰带和剑）、雅昆达鱼（参宿七周围区域）和小龙虾（狮子座）。

不过，每年当旧路出现时，星光就会黯淡下去，这意味着，危险可能潜伏在这干得要死的季节：天蝎（天蝎座、豺狼座和天秤座）、毒蛇（南冕座）、人、秃鹫（天鹰座）和一个星星女的尸丘（海豚座）。那是一个被蜜蜂蜇死的星星女。传说她变成了流星掉落人间，后来又复活了，嫁给了一个神，重新回到了天空,结果却再一次被天上的蛇给咬死了。

11月中的黄昏,巴拉萨纳的男人、女人,还有孩子们就会一家家坐在他们的木屋外面,仰望银河。人们的注意力都集中在对面地平线上的星路上:在他们东方升起的明星和落在他们肩上的毛毛虫美洲豹星座[1]。他们之所以这么关注东方升起的星星,是因为它们的升起会带走大雨。他们真的把银河看作一条河,是地上亚马孙河在天上的延伸。在东方天地结合之处有一条巨大的瀑布,这条瀑布把这宝贵的液体送到凡间和阴间,然后又从阴间送回天上。他们看到水是从大山两侧回去的。水的循环在整个宇宙中有个完整的闭环。

巴拉萨纳人不满足于仅仅被动观察,他们还对着银河跳舞,主要是为了敦促星星们按轨道运行。他们十个人一队,排成两队,围着他们认定的世界中心跳舞。一队人从左往右跳,一队人从右往左跳,模仿着星星的运行。他们就这样跳一个晚上,或者至少一直跳到星星们慢慢地在晨光中消失。

巴拉萨纳的自然世界充满了生命,星体和宇宙亦如是。

---

[1] 每年6—8月是巴拉萨纳人食物缺乏的时候,这时正好是毛毛虫孵化时期,能为他们补充营养。于是,他们把与此有关联的星座取名毛毛虫美洲豹星座,主要由天蝎座和鲸鱼座的星星组成。

这对外人来讲是很难理解的。赤道地区的生物多样性是非同寻常的：活跃在雨林里的生物物种90%都能在巴拉萨纳找到。而巴拉萨纳的信仰体系基于他们望天的实践，因此他们当然相信人类活动能参与世界的运转。

不过，这个信仰体系里的很多部分也是完全能理解的。比如，我们生活之处的上空就是个坚固的穹顶，上面住着其他我们也许能碰到的人。这个想法就跟我们西方逻辑——在天文学家看到的"广阔的可居住世界里"存在地外生物的可能——没多大不同。印第安奥吉布瓦族的造物主马纳博左就对他的子民宣布："我这事儿发生的时候，我会造路给人们行走。"他说的"这事儿"就是死亡，那个让全体人类活力不懈的神秘话题。死亡为什么会发生？死了以后会怎样？我们死了以后会到哪儿去？怎么去？据奥吉布瓦族人的传说，马纳博左的兄弟是第一个死去的人。他是被水神淹死的，从此死亡降临人间。

马纳博左是这么回答惊恐不安的人们关于死亡的疑问的：

> 这是人们死后要做的事。（接下来）他要走向太阳

落山的地方。他一路走一路要留下四个记号。他一路留下四个(灵魂力量)……右边是水獭,左边是猫头鹰,两边都有山(蛇),一条河就是一条蛇/原木……然后前面的路变成了一条短短的通道,这条通道很糟糕,而且感觉无穷无尽。它在天空后面一直延伸,超越了日落之处。

你只要最后一闭眼,你的影子就会离开你,走上这条路。你不会走错的,因为不时会看到标记。在一条风很大的隧道,你还会碰上一位老妇。我们的祖母会带你去见四位老人,"我们的祖父们"。他们会告诉你在哪儿跨过那条半红半蓝的河流。你会看到岸边有根巨大的木头,可以把它当作桥。到了对岸,你会收到更多的指示,一直指导你爬上塔契派·默斯科诺——魂灵的银河之路。

切诺基人说魂灵之路的入口有两颗犬星守护:天狼星和心宿二。它们就守在通往对面地平线的过道上,那里是银河和我们的世界的临界处。不过,你一定要保证自己带了足够的食物以贿赂它们,否则它们绝对不会让你过去。(就像拉科塔人手形星座的故事,提醒你在生前就要给神以足够的祭品,否则死后你就要倒霉了。)最重要的是,你要一路算好时间,这样才不会错过通过银河的大门。你跳得太早或太迟,都会掉进水里,最终坠落阴间。机遇之窗每晚只开那么几分钟,只有银河从天空降下来,差不多跟地平线持平时,才有机会。

如果你仔细研究一下非洲的艺术作品,尤其是他们雕刻的祖先形象,就会发现从项背开始,前到肚脐,后沿着脊柱而下,都有一根装饰线。你可以在刚进入疗愈小组的新成员脊背上看到同样的划痕。它还会在怀孕时竖直出现在肚子上。他们管这条线叫姆拉兰博。它把宇宙一分为二,创造了左右的和谐平衡。

一个塔布瓦人的民族学学者告诉我们,他们族人住在刚果东部坦噶尼喀湖岸边的草地上。他们认为天空就是一座宏伟的建筑,上面是个坚固的穹顶,四周由大地尽头的铜柱支撑着;就像他们自己的圆顶房子一样。这个用来分割天空的姆拉兰博就是银河,这种对称的延伸同时也把大湖划分开了。大湖被分成了两个区域,各种乱风都在这里相碰撞。他们说两块区域里捕到的鱼都不一样。沿着姆拉兰博这条线的湖区的鱼都又大又凶,更具攻击性。因为沿着这条对称线,有一片冲突地带。银河是弯弯曲曲穿越顶空的一条通道,有了它,宇宙才形成了完整的一个环。它也是神的天地通道。英雄基勇巴就是通过它,率先带着自己的族人来到坦噶尼喀湖岸边。后来技术发展了,这天上的姆拉兰博也被比作计时器。塔布瓦猎人叫银河夜弓,因为它从地平线一边运动到另一边留下的曲线就像一张弓。他们说它是"我们的钟"。他们就是看这"几根针"指向的角度来判断晚上的时刻的,就像腕表的针在盘面的指向一样。

中国古代的唐朝人认为银河是条水道,跟他们帝国里的河流,比如河水(黄河)和汉水,是互通的。能上到这条水道的最好时节就是,夏季季风消退而尘沙漫天的冬季还没降临的时候,也就是初秋。此时,天上的河水被风浪搅得波光粼粼。

有一首唐诗[1]讲述了一个无人木筏的故事。木筏每年

---

[1] 杜甫《秋兴八首》之二中有诗句"奉使虚随八月槎",意思是"我也希望乘着浮槎回到自己的故乡,但这愿望最终还是落空了"。这与古代的传说有关。西晋张华的《博物志》卷十记载:"旧说云天河与海通。近世有人居海渚者,年年八月有浮槎去来,不失期……此人到天河时也。""无人木筏"的故事大约出自此。——编者注

夏末会自己来到住在黄河岸边的一户人家的边上,停留两天,然后又自行离去。有个人常常想跳上木筏,看看它到底能把他带到哪儿去。不过,年复一年,他都忍住了。终于有一天,"被一种奇怪的野心控制",他上了木筏,还带上了足够的给养,远航了。到了地平线边缘,他漂上了天上的黄河,在太阳、月亮和星星之间游荡了十天。慢慢地,连它们也消失在他背后了。他无法区分白天与黑夜。最后连挂满星星的背景,也从他的视野里消失了。他又漂荡了十天才到一个岸边,看过去那似乎是个开化的地方。他看到城墙里面的房子、炮台,还有很多高大骇人的建筑——这是天上一个巨大的城市。他激动地走下木筏。这时,他看到一个到河边来饮牛的人。那人看上去被他吓到了,问他:"你在这里干什么?你从哪儿来的?"他回答,自己只是出于好奇想上银河来看看其他文明的存在。然后他问道:"这里是什么地方?"答复却是又直接又无礼:"哪儿来的回哪儿去,这里没有你要的东西。"

最终,这个宇宙远航者没有上岸。木筏安全地把他送回了家。今天,人们还在人间讲述这个故事,说从前有颗"异星"犯了银河里的牵牛星。(在中国古代的天文学中,犯这个字表达的是一颗星星侵害其他星星——我们这样的人在未知的宇宙领域是不受欢迎的。)

银河有着相对应的通道可以在地平线上日日夜夜、四季轮回地来回变换,甚至落到我们生活的地平线上,与它平行,看上去似乎能轻而易举地走上去。它从表面上看,像是一条由星星组成的河流或者通道,一直召唤着信徒循着它上天堂——自从人类有文明以来,世界上无数的人都听到并回应了这种召唤。人类无疑还会继续对我们星系家园的伟大排列做出回应。就像那个野心勃勃要寻求天上幸福的中国远航者一样,我们还会继续冒险进入寒冷辽阔的黑暗空间,去为那些亘古以来的疑问寻求我们这个时代的答案。

5
银河中的乌云星座

澳大利亚的沃特卓巴鲁克人的酋长越来越讨厌托辛噶尔了。那是一只巨大的鸸鹋，它吓坏了周围村子里的人，甚至还吃掉村民。他决定和强大的白凤头鹦鹉布兰兄弟联合起来杀掉这个怪物。他们仨扑向鸸鹋的老巢想袭击托辛噶尔。大鸟被惊醒了，向他们冲来。它想用巨大的脚掌踩扁攻击者。不过，鹦鹉兄弟立即发动了一次连续出击，先是将一根长矛插入了大鸟的脖子，然后又将另一根扎在了它臀部。托辛噶尔受了致命伤，只好逃跑。它流着血，摇摇摆摆地朝北面平原冲过去。人们说它的血从此就成了威米拉河。你要是住在南半球，就可以看到被打败了的托辛噶尔。它蜷成一团，缩在明亮银河的黑暗角落。

南十字座α就是刺向鸸鹋的脖子的矛头，南十字座β则是刺向大鸟背部的那根。南十字座最亮的星是一只负鼠。

它在这场争斗中被鸸鹋赶上树。它从此就在那里成为一个夜间居民。那布兰兄弟呢？它们就是半人马座的亮星α和β。托辛噶尔的征服者分开了大鸟的羽毛。他们把每根羽毛从中间分开，仔细地堆成两堆。一堆成了这只巨大生物的雄性后代，另一堆成了它的雌性后代。你仔细看的话，会看到鸸鹋每根羽毛都有根清晰的分界线。那是它们出身的标记。

新南威尔士的卡米拉罗伊和尤阿拉依部族不知道托辛噶尔。这些部族人记得的是，一位盲人和他的妻子住在森林里的营地。每天，妻子都出去捡拾鸸鹋蛋。不管她带回多少蛋，挑剔的丈夫总会说太小了。一天，妻子看到一些非常大的鸸鹋足迹，就跟着它们，一路搜寻到了一个藏着巨大鸟蛋的窝前。里面有一只巨大的雄性鸸鹋在看守。她试图用石头赶走鸸鹋时，鸸鹋向她发起了攻击，用它那肌肉强壮的三趾脚掌踢死了她。

妻子没有回来，家里挨饿的盲人丈夫开始担心了。他摸索着找到了一根结满熟果子的树枝。等他吃完果子，他的视力竟然奇迹般地恢复了。他拿起一扎长矛去寻找自己的妻子。当看到那只巨大的鸸鹋站在被踩死的妻子边上时，他立刻拔出一支长矛投向天空发起进攻。天空中，大家都可以看

"天空的鸸鹋",澳大利亚本土星座,它由南天银河的暗黑区域构成(Ray Norris 和 Barnaby Norris 提供)

见这只巨鸟在银河的白光下反衬出的危险身影。

澳大利亚原住民把祖先创建我们当今世界的那个时段叫作"梦幻时期"。他们把关于那时的故事叫作"梦幻故事",认为这些故事赋予了一些地方和生物特殊含义,这些含义一直口口相传到现在。天上的鸸鹋这样的梦幻故事是最受喜爱的。澳大利亚天上的鸸鹋占据了南半球天空的四分之一。从它位于煤袋星云的头部开始,穿过南十字座,接着是银河中一段密集黑暗的区域,再到天蝎座,这一部分是它的身体。然后是人马座,那里有一团很亮的星云,是它屁股下正孵着的蛋。

天上鸸鹋的季节性运动让梦幻神话生动了起来。因为靠近南天极,澳大利亚人每天都能看到天上鸸鹋的头,不过这只巨鸟的全身得到四五月才能窥见。人们说它横跨整个夜空时正好就是鸸鹋交配的季节,雌性鸸鹋疯狂地追逐着雄性鸸鹋。鸸鹋的姿态预示着好吃的鸸鹋蛋也要出来了。七月,鸸鹋的腿会消失在地平线下,这只宇宙大鸟就会变成雄的,趴在窝里,孵着蛋[1]。值得一提的是,人马座里面的那些

---

[1] 鸸鹋的繁殖方式比较特别:雌鸟负责筑巢、产蛋;雄鸟负责孵化,抚育后代。——编者注

明亮的星团看起来像一窝鸟蛋,位于三叶星云的北面。而九月是采集者们收集鸟蛋的最后日子。这时,巨型鸸鹋的头和脖子都跟脚一样"到地下去了"。地平线上能看到的只有鸸鹋的身体,现在已经变成一只蛋了。卡米拉罗伊和尤阿拉依人把他们的男性成人仪式放在了鸟蛋被孵化时。当雄性鸸鹋把蛋孵成小鸟时,族里的长辈也欢迎男孩们进入成人世界。

银河可不只是一条星光漫射的明亮条纹。交织在层层繁星中间的还有暗线和黑斑。以前,天文学家们以为那是星星之间的空隙。直到 20 世纪初,他们才发现亚里士多德是对的:大自然真的痛恨真空。在这些暗黑的袋子里,点缀着几颗昏暗的星星,看上去特别红,它们就像是躲在什么东西后面,又或是嵌在什么介质之中而改变了颜色(就跟太阳在升起或降落时看上去特别红一样,那是因为大气中微粒的散射作用)。对穿过银河的星光进一步的研究表明,在银河那旋臂间的星际物质中含有大量的氢气及其他简单分子组成的气体——它们都是恒星诞生需要的物质。

如果沿着天上这条发光的路从银河与黄道交叉的繁忙

十字路口的金牛座开始,穿过英仙座和仙后座,你会发现夜光背景里有几处黑块。等你的目光向南移去,那些乌云变得更加明显。它们的边缘更加清晰。它们甚至有自己的名字,比如"大裂口",或者也叫"黑河",还有"北方煤袋",那是一条从天鹅座一直延伸到天鹰座再到人马座的灰蒙蒙的小道。"大裂口"包含的星际尘埃和气体的质量超过了十亿个地球。

过了天蝎座,就完全超过了北半球大多数人的观察范围,银河中最抢眼的黑色星云"煤袋"就藏在那里。它大概有40个满月那么大,涵盖了南十字座和部分半人马座。西方人可能不会把它们叫作星座,"大裂口"与"煤袋"只是银河里被赋予各式各样的名字和含义的一系列黑暗图像中的两个而已。它们是南半球的人,尤其是澳大利亚人和南美观星者的热门话题。

16世纪,印加和西班牙混血的历史学家菲利普·瓜曼·波马·德·阿亚拉是这样描写煤袋星云和它周围的景象:

> 他们觉得,他们在占星师们所谓的银河中的黑斑里看到了一只牝羊:有完整的身子,正在给一只羊羔哺乳。

他们竭力想指给我看,说:"你没看到那是牝羊的头吗?那是羊羔在吮奶,那是它们的身子和腿。"可是我除了斑点啥也没看到。看来,我真的缺乏想象力。

那只牝羊其实是只美洲驼,没有驼峰的骆驼。它们在安第斯山里是不可或缺的。它们是高度社会化、非常聪明的群居动物。照料它们的通常是当地妇女。美洲驼能驮起它们体重三分之一的货物;而且它们生产的驼毛非常柔软,能织成一种叫秋蒲的织物,那是古印加人用来记事打结的绳子。

亚卡娜,天上的那只美洲驼是生命的赋予者,是地上的美洲驼的创造者。"我们本地人能清楚地看到一个黑色斑块,那就是它,"一位本地人跟一位记录者说,"亚卡娜在银河里移动。它很大,真的很大。它在穿过天空时,颜色越来越深。它有两只眼睛和一个大脖子……(它)有只犊子。看起来那犊子好像在吮奶。"仔细看,你能看到那只美洲驼幼崽(uñallamacha),还有根脐带连着它和妈妈呢。妈妈的身体就是南十字座边上那个煤袋星云,它亮晶晶的眼睛就是半人马座 α 和半人马座 β。

美洲驼在天上的运动跟秘鲁高地的农历紧密相关。每

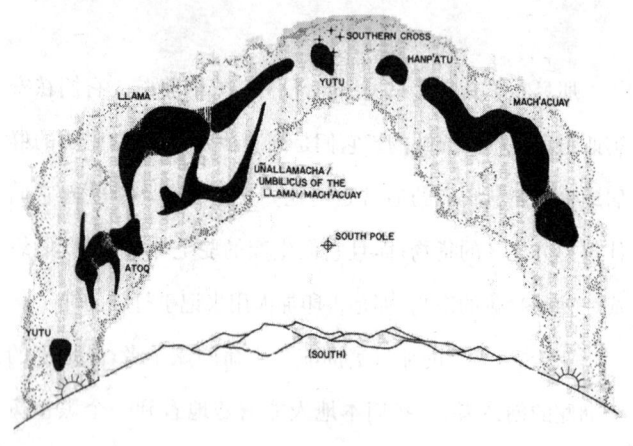

安第斯美洲驼乌云星座旁有肉食者狐狸(atoq)(选自《在天地的十字路口：安第斯宇宙论》，Gary Urton 著，copyright © 1981。得克萨斯大学出版社提供)

年的这个月,印加都会从送到首都库斯科的众多美洲驼里挑出100只各种颜色的(白的、褐色的,还有花的)来献祭。一位记录者告诉我们,九月(播种时节),来年要被献祭的大量牲畜会从田间被送进城来。因为上一年的丰收,它们已经养得肥肥的了。美洲驼的另一轮献祭对应天上的美洲驼消失又重现的日子,还有它黄昏时在天空最高点和最低点的日子。从库斯科看过去,美洲驼的眼睛的升降点都恰好位于这个城市的天空最南部的边界上。

要更好地理解天上移动的美洲驼曾经和现在对安第斯山民们的意义,我们得好好思考一下天空物体的移动是如何满足我们的需求的。我们的一年四季包含365.24219天,那是经过仔细观测测算出来的,是用地球自转一周所需的23小时56分钟4秒(一天),去除地球围着太阳公转一周的时间(一年),也就是我们感觉的太阳沿着黄道绕一圈所花的时间。我们现在能精确到秒了。偶尔我们会插入一个闰秒来改善地球自转放缓的状况。生活在这么个飞速发展的技术世界里,我们都生出了对精确的孜孜追求!不过,我们的需求随着时代而变化。如果是五百年前的低技术时代,现代西方人的祖先看到只有根时针的钟也很满意了。在罗马帝国之前，人们使用日晷来计时，各个时辰之间都不完全相等，更别谈分清楚365天的季节循环了。农夫只需搞清楚月份，明白啥时节把种子播下去能得到收获就行了——那时，他们是靠数满月来记录的。后来，罗马帝国之前的祖先们认为一年是305天（10个月），跟牛的妊娠期差不多。这很正常，因为牛从生到死都是他们所依赖的最重要的牲畜：它的肉能喂养他们，它能为他们承担劳役，它的毛可以织衣物，它的皮能保暖，还有它的骨头能用来制作工具。

无独有偶，印加人的一年是328天，大致是美洲驼从怀孕到生产的时长。由于这种生物-天文学的巧合，他们的测算减去了昴星团从最后消失到重现的时日，因此比完整的四季一年的365天少了37天。

天上美洲驼的神话也告诉了我们安第斯山人的灌溉实践。西班牙牧师弗朗西斯科·德·阿维拉注释的16世纪瓦罗奇里手稿里有这样一段文字：

> 亚卡娜（天上的美洲驼）……就像是美洲驼的影子。他们说，亚卡娜半夜会趁人们不注意，下到地上，喝光海里的水。他们说，如果它不喝光，整个世界都会被淹掉。

接下来是一个预兆,告诉我们美洲驼喝水时会发生什么:

他们说,如果一个人鸿运当头,亚卡娜会在某处山泉喝水时直接落在他身上。

当它巨大的毛茸茸的身体压在他身上时,他薅下一些它的毛来。

到了晚上,就会有幽灵。

早上,黎明时分,那人会看到他薅下的那些毛。仔细一看,有蓝的、黑的,还有褐色的,各种颜色,厚厚地纠缠在一起。

他会当场顶礼膜拜这个他看到幽灵和拔了驼毛的地方,拿这些毛换几头美洲驼。拜完了之后,他换了一公一母两头美洲驼。

就凭这两头美洲驼,两三千头就来了。

在老时光里,亚卡娜就这么在无数当地人面前现身。

安第斯的农民们至今对美洲驼满怀感激。各种颜色的美洲驼出现在故事里,它们会在特定时间被献祭:播种季开始时是褐色和红褐色的;中期会把黑色的美洲驼绑在柱子上,饿着它,来招雨帮助庄稼成长;而到了收获季则是各种花色的都有。

美洲驼到底什么时候喝水呢?10月中旬,日落时,它的眼睛就会消失,因为它的头会扎到地平线以下去喝掉猛涨的可能淹没全世界的洪水。一个多月后,它又会从东边升起,这就意味着该剪地上美洲驼的毛了。这时节其实挺危险的,安第斯的牧民们得看紧刚生下来的犊子。他们得警惕野兽,尤其是狐狸的侵袭。如果你抬头看着天空,在那吮乳的小犊子旁边,一头狡猾的狐狸——叫阿托克的乌云星座——紧跟在妈妈后面。它和天蝎的尾巴成直角,指向人马座。亚卡娜妈妈似乎想用它强壮的后腿蹄开威胁它宝宝的阿托克。

其他乌云动物似乎都沿着安第斯山区上的天河漂流。河里有一对栖鸟,也就是鹧鸪,分别位于美洲驼—狐狸的两边,西边还有一只蟾蜍和一条巨大的水蟒。这两种动物的生命周期跟天上的时间对得上。比如,天上的蟾蜍早上在东边升起之时,就是地上的蟾蜍结束冬眠开始鸣叫之时,它们叫声越大越容易获得配偶。天上的蟒蛇也是一样。它是从南十字座一直伸到西边大犬座的一段长长的乌云。它先是抬起头,就像所有的蛇,在湿热的雨季第一次钻出来到地面,回到这个世界上;然后在干冷季节开始之时又回到地下。天上动物的天体循环和地上动物的生物循环就这么相互模仿着。

大多数的好故事都是可以改编的,所以一个技巧高超的讲故事的人可以使用"神话替代"的技法——也就是说,他或者她可以变换故事的角色或场景来吸引不同的观众。安第斯高地关于乌云星座美洲驼及被狐狸盯上的小犊子的神话就是个很好的例子。当这个故事向东传到亚马孙盆地的热带雨林时,那只肉食捕猎者狐狸变成了在银河中追逐草食动物貘的美洲豹。在高地和盆地之间的山丘里,貘又被换成了鹿。再往南,在智利和阿根廷南部的格兰查科草原,这一对星座又变成了狗和南美洲鸵鸟;只不过这次因为鸵鸟的脖子长(跟美洲驼一样),追逐者和被追逐者在天上换了个位置。

毫不奇怪,所有关于乌云星座的故事都产生自南半球的文化中。亚马孙上空的银河被看作两种本土动物的战场。虽然你不会指望长着长鼻子和毛茸茸尾巴的食蚁兽有机会与一只凶猛的美洲豹一起徘徊，但是现代文献报告说，在极为罕见的情况下，它俩确实被看到同时出现在南美雨林里，且基本上会打个平手。食蚁兽极其锋利的爪子本来是用来从地下刨虫子的，这时可起到了保卫自己的大作用。

这种遭遇战对史皮博人来说司空见惯。他们住在亚马孙盆地西部的乌卡亚利河边。那里的食蚁兽就跟纳瓦霍人的郊狼一样，使用欺骗手段打败了美洲豹。史皮博人的故事是，长鼻子的家伙对美洲豹发出挑战，比赛在水底憋气。美洲豹接受了挑战，于是它们都脱下了自己的皮，放在河岸上，然后扎进了水里。突然，狡猾的食蚁兽从水里跳出来，偷走了美洲豹的皮，把上了当的家伙跟自己不要的皮留在一起。他们说从那以后，这两种动物就相互穿着对方的皮。

看看银河里的黑斑，一直延续到南极，你会发现是两只动物在扭打。食蚁兽的身体是黑色的煤袋星云，而美洲豹则是北面紧挨着它的亮一点的斑块。它们纠缠在一起绕过整个天空。日落后不久，食蚁兽似乎占据上风。不过等到夜深，二者的位置就倒过来了。美洲豹随着黎明的到来慢慢上去了。第二晚，战斗又同样继续。银河中深浅两种斑块的严酷纠缠，象征着变形和随之而来的身份危机，这是我们在生活中经常遇到的困境。

跟澳大利亚的鸸鹋和安第斯山的美洲驼一样,哥伦比亚的德萨纳人也拿这些暗淡的星座来记录动物生命轮回中对他们非常重要的关键时刻。比如,他们把大裂谷看成装满毛毛虫的小船。它们航行在夜空中,在东方地平线上落到大地上。那边的风又把它们吹起来,用长长的银色唾液带它们跨越大陆。每当这些生物出现在天空时,德萨纳的毛毛虫萨满就会非常紧张。他们的思想和感情全都集中在了它们的出现是否预示着危险上。作为专业人士,他们需要念对咒语来记录这群小天体的出现。在跟人类学家交流时,他们中有人对毛毛虫的到来表现得很焦虑。他正努力判断恶魔现身的可能性,看它们会不会危及参与仪式的人们,看能不能开出对症的毒药来控制这些潜在危险带来的紧张局势。

嗯,就在那儿,是不是?那儿,河的入口,对。伊伊毛毛虫的头就在那里。对,红头的伊伊毛毛虫,对。这些红头一出来,我们就说它们是坐着独木舟来的。当它们的头出现时,风也就来了。独木舟是带着哗哗的激流声来的,我们说。大风就像激流。接着,在场的人会深

深地来一个**威呵吸鼻**；他们深深吸气，尽情吸收。对。然后，他们再吸一口。他们把它跟卡拉玉露粉浆……在我们的想象中，我们看见一群想杀死我们的人。就是这样的，老哥。就这样。他们说它们长着红色毛头。还有一些长着刺儿头的就是恶魔。接着那些**威呵吸气者**聚集在这里。这就是出现闪电的原因。他们是这么说的，对吧？不过后来它们来了，那些刺儿头；红色毛毛头先来。这些**伊伊毛毛头**在那时候是危险的，不过现在好了。现在它们一声不吭。（可是）接下来，大风就来了，是那些独木舟带来的大风，不是吗？这就是我们为什么说它们是带着风来的，接下来就很危险……它们就是这样给我们制造噩梦的……当它们这么干的时候，它们让我们陷入了混乱；对，老哥。让我们作呕，那些女人和**伊伊毛毛虫**的独木舟。这是我们作呕的原因。这就是他们在一起聊天时讲的东西。就这些。

6
极地星座

对于北极的海豹猎人来说,在薄冰上行走是极其危险的,尤其是这人还长得比别人胖时。从前有个大块头名叫斯库利亚休巨伊图克。他不想冒这个险,就天天偷其他厉害的猎人的猎物。他偷来偷去就出了名。他知道怎么去判断其他猎人有多厉害,在他们打猎回来的时候看他们的手腕就行了。如果他们的手腕脏了,说明他们可能还没在水里泡过,也就是说他们可能还没捞着任何东西。一天,当海冰冻得跟沿岸固定冰一样厚实时,其他猎人鼓动这个大块头晚上跟他们一起出去野营。"我们睡觉时通常都把自己的手脚绑起来。"他们对他说。这是他第一次出去打猎,他对这个奇怪的建议没起疑心。

半夜,猎人们试图捅死他,可是斯库利亚休巨伊图克非常强壮,竟然挣脱了捆绑。不过在随后的打斗中,这个大块头受的伤要了他的命。他升到了天上，成了小犬座里被天文学家命名为南河三的那颗星。当它降到地平线上时，你可以看到它还带着血红的颜色，在猎户座的腰带上追逐猎人们。后来，两个参与谋杀的猎人出现在这个大块头的住地，想要杀死他的妻子和两个年幼的孩子，免得他们报仇。不过他们刚拔出刀子，那女人就一脚踢死了他们当中的一个，然后又一下扼住了另一个人的喉咙，把他给掐死了。这个"踩在刚结成的冰上的人的故事"就这么结束了。听故事的人可能永远也不会忘了这个教训：在猎人或者采集人的圈子里，靠自己的双手获得食物是多么重要。

另一个关于星星的故事讲的是北极隆冬时冰上迷航的故事。两个人一直追踪海豹，结果离岸越来越远，等发现时他们已经孤零零地在一块海冰上漂着。其中一个人说："我要跟着辛古利克星（天狼星）走。它会带我回到更厚、更安全的冰上。"他的同伴回答："我觉得我们还是跟着金古利克星（织女星）走更安全，那才是我们的出路。"两人谁最终回到家里了呢？我们根据对北半球天空的知识来回答这个问题。隆冬时节，天狼星出现在南边的地平线上，而织女星则低垂在北边的地平线上。猎人跟着天狼星朝南走的话，那边的水更温暖些,最终可能会陷入更加惊险的境地;而跟着织女星走,则会踏上更加稳固的冰层。他们最终活下来了。在世界顶端,靠什么导航是个很棘手的问题。

假设现在是晚上,你站在北极点上(以赤道为基准,朝北90度)。想象中的那根地球自转轴线就沿着你的脊梁直冲头顶指向北极星,那是北天极的标记。它是地球地理极点向天空的延伸,与地平线呈直角。随着地球的转动,夜色蔓延,星星看上去就像是沿着与地平线平行的路径反向旋转,每颗都保持在地平线以上。如果你能坚持下去,就可以看到每颗星星都围绕着北极星完成它自己24小时的环行轨迹。只不过离天极越远的星,圆圈就更大些而已。日光只有等到太阳跨过天赤道时才会回来。天赤道是地球赤道的延伸,在北极看就是地平线。最终,大致在入春的第一天,你会看到它开始上升,并且沿着地平线日复一日地攀升,在地平线以上于头顶间大约四分之一处时达到顶点。这是夏季的第一天。随着季节的变化,太阳慢慢螺旋式下降,到入秋时消失。六个月的白天,六个月的夜晚,中间夹杂着几周的黄昏和黎明。如果你住在北极,一年就是一个长长的白天和一个长长的黑夜。伴随你的只有一成不变的那些星座,永恒可见,围着与

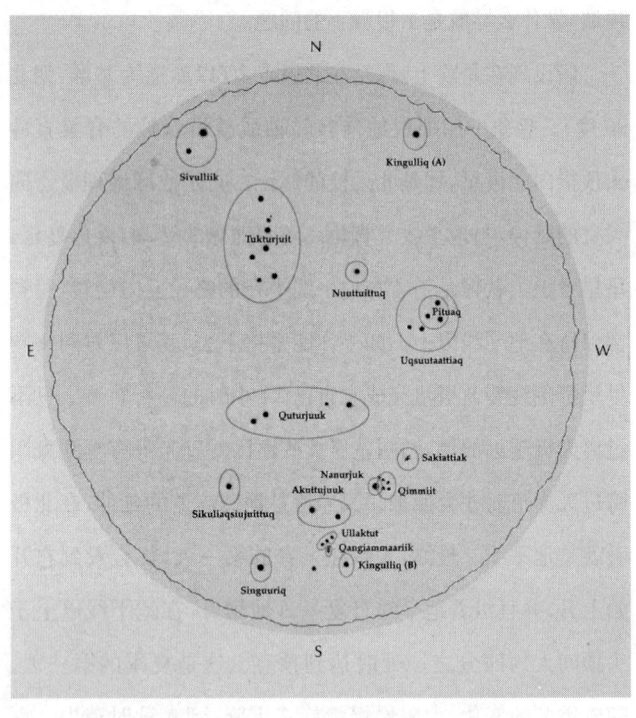

因纽特人北极地区星空图(皇家安大略博物馆授权© ROM)

地平线呈90度的北天极一圈又一圈地转。

当然，没人住在北极。至少我写这本书的时候，它镶嵌在一片被永久冻结的海洋里。不过，那里会有居住在西伯利亚、加拿大和阿拉斯加北部的猎人出现。他们所生活的地区看到的星星旋转的中心稍微偏离了头顶的位置，所以有些星星就会短暂地降落一会儿。这些地方的极昼和极夜都没到六个月。中间会有段时间，人们在24小时内会经历不均衡的白天和黑夜。具体多不均衡就得看他们所处的位置到底有多北了。比如，想象你站在地球的地理北极，然后从这里开始向南行进。在地球表面走上一个纬度，大概是70英里（约110公里），北极星就会偏离头顶一度。它在地平线上的高度角就是89度了，你就位于北纬89度了。你的纬度就差不多是北极星的高度角（因为北极星并非精确地对准地极）。早期航海家，像哥伦布，就把这一规则很好地用于在辽阔的海面上指引航路。他们就是通过保持与北极星的固定高度来确保自己沿着某一纬度航行的。

看了本书中刚刚讲述的故事，你可能会猜，生活在极地天空下的人肯定会创造出关于如何在如此恶劣的气候下生存下去的星座故事：在漫长黑夜来临之前，何时到何地去打猎，如何安全地行走在冰上，如何获取光亮和热量来挨过寒冷的冬夜，还有何时才能盼来缺席已久的温暖的阳光。我们问过的屈指可数的几位北极居民就是这么干的。

因纽特人——这个名字在他们本族语里的意思就是"人"——大概有150 000人，人们是根据语言把他们划分在一起的[1]。他们居住在加拿大、阿拉斯加、格陵兰、俄罗斯的北极地区。在加拿大，因纽特人有自己的自治领。他们叫它努勒乌特（Nunavut），意思是"我们的土地"，大致包括魁北克北部、拉布拉多和西北地区。中心地带是北纬70度的首府伊格卢利克。那里，太阳每年会消失两个月，从11月底到1月底。而从5月底到7月底，太阳则会持续照耀。

正如我们所见，因纽特人的天空充满了在辽阔的冰原上狩猎和在行进中为了保护猎物而险象环生的故事。另外，上面还有他们吃的熊、驯鹿和海豹，会夺走他们猎物的狐狸和

---

[1] 因纽特语是因纽特人使用的多种方言的总称。这些方言在口语和书写上既相互关联又有所区分。讲不同方言的因纽特人能基本理解对方的意思。尽管加拿大当局帮助因纽特人统一书写，但这些语言还是渐渐让位于英语，面临消失的危险。

狼,一盏油灯,一个独木舟架子,以及最重要的冬末晨光先兆。因纽特人倒不怎么利用北极星。他们叫它努无图意图克,就是"不动弹"的意思。它太高了没法导航。不过他们很注意观察旁边的星座图克土居伊特(北斗七星)。它展示了雄鹿的两种形象:一个是北斗勺子和把手象征着的驯鹿身体;另一个是七颗星象征着的一群驯鹿。一只名叫斯乌里克的狼(牧夫座)绕着北天极追逐着他们。

"我父亲教会了我晚上怎么靠追踪大驯鹿来判断时间和方向,"一位佚名的长者说,"当驯鹿后腿直立,头越抬越高时……那就是快半夜了。"如果你身在海面的冰层上,巴芬岛已经远得模糊不清了,你就该"举起左手,拿手指对准星星。如果你的拇指遮住天玑(北斗三),食指遮住天权(北斗四)——指针星对面的这两颗星星,剩下的三根手指正好遮住勺柄的三颗星,这时你的手臂指向的就是陆地"。仙后座,或者叫皮图阿克,跟驯鹿隔着北极星相对。它又经常被称作海豹、海豹皮、盛海豹油的容器,或者海豹油灯或油灯架子。它当中的三颗最亮的星对应房子地板上竖直叠起的三块石头,那里通常是用来放油灯的。据说当仙后座和驯鹿位置持平的时候,就是所有的油灯被点亮的时刻。

一年的最初几个月，每到入夜时分，一幕描绘狩猎的戏剧就会在南部的天空上演。南努尔朱克，也就是北极熊星（金牛座的毕宿五），日落时出现在东北方。它沿着北极转一大圈，黄昏时消失在西北方。它的幼崽们（毕星团）挤成一团，紧紧跟随着。它的狗狗（昴星团）试图阻止它。猎人，或者说追逐者乌尔拉可图伊特就是猎户座腰带上的那几颗星，在南努尔朱克后面穷追不舍。"我的手套掉了！"一个年轻的猎人喊道。"有满月呢，不用害怕，"一个兄长回答，"掉头去捡回来。"就在他转身的时候，他的那些兄弟却突然升上了天。你现在还能看到那位掉头的星弟最终就留在了地上。他就是西方观星人称为参宿七的那颗星。

在因纽特人所有的星座中，有一个是你绝对想不到的。库图尔朱乌克，即锁骨星座，它从双子座的北河三和北河二开始，到御夫座的五车二和御夫座β，连成一线。你可以摸摸你的锁骨，用食指和中指从肩膀一头摸到另一头，其实是一对锁骨。在你的下巴下面有一处凹陷，那是两根锁骨连接胸骨的地方。它俩的线条就跟那些星星连起来的曲线一样。可是为什么会叫锁骨星座呢？熟悉剥皮术这种手艺的人都知道，那是拿一把锋利的小刀把带脂肪的皮肤部分从肌肉上剥离开来,那感觉完全就像在海豹的皮肤和软骨间寻找空隙。也许,这个星座就是一个富有想象力的因纽特屠夫想出来的。他可能就是特别好奇,海豹的身体怎么跟自己的那么像。

对因纽特人来说,看见阿格朱乌克,即"黎明时看到的星星",是一年明暗交替中最重要的事件。它们是由我们的阿奎拉(天鹰座)最上方的河鼓二和河鼓三组成。这两颗星之所以被称为光明之星,是因为它们跟太阳一起在新年的黎明升起。那也正是长胡子的海豹从海洋爬到布满冰层的岸上的时候;此时,它们就更容易被捕杀了。阿格朱乌克的出现还标志着一年最大的节庆的开始。在这个漫长的黄昏,人们尽情地吃喝;他们假扮他人,交换伴侣——换句话说,他们成了别人而不是自己。18世纪的一位旅行者见识过这漫长的阿格朱乌克节庆之后,在他的日记里难以赞同地描述道:

> 我们从全国各地聚集到一起,倾其所有地相互招待。他们吃了又吃,都快吃到肚子爆炸了,他们起身游戏,跳舞。(一位表演者)尽情地表达他对于太阳回归北半球的兴奋……

欢迎太阳再次回来，

安呐阿加——啊呼！

带给我们灿烂的好天气，

安呐阿加——啊呼！

他们就这么又唱又跳一晚上；连续好几天都这样，直到累得不行了，再也说不出话来。

这类行为——纵酒、过度沉浸于声色享受——在全世界的各种文化当中，都在特定的享受时刻发生；就像美国的肥美星期二[1]或者很多西方文化中的新年夜狂欢。如果你想带着坦然的心态进入一个新的生命阶段，最好在旧日的时钟敲完前，清除所有的邪恶。我觉得，这些情绪发泄之前的紧张主要是因为冬日食物储备几乎快要消耗干净。曾经靠丰收和打猎堆积起来的丰富食物如今几乎没了。谁知道下一个周期会如何？现在最好抛弃仇恨，释放自己，自由发挥，今

---

[1] Mardi Gras,来自法语，也叫 Fat Tuesday（肥美星期二），是大斋节（四旬斋）节前的狂欢。之后就是从圣灰星期三到复活节的40天的斋戒和忏悔。这个节日并非美国全国性的，主要在南方，尤其在新奥尔良等地区流行。

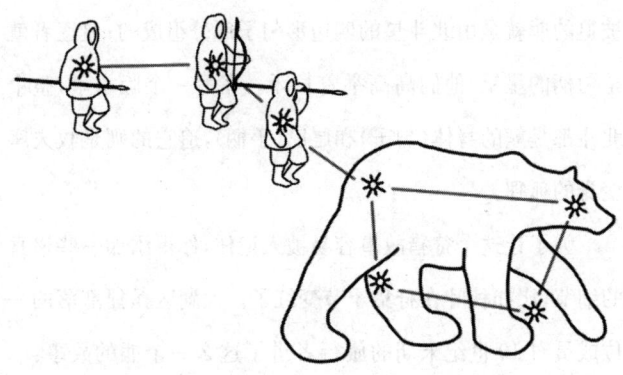

北斗猎熊记,北美洲本土星座(starnameregistry.com,Julia Meyerson 重新绘制)

朝有酒今朝醉——哪怕只是短暂的迷醉。

高纬度地区的冬天降临得特别迅猛。寒夜越来越长,伴随着正午太阳的斜落越来越长,日影渐长。说到狩猎,很多北方人就会想起猎熊。极地四周的星座上演着追逐的戏码。被追的熊就是由北斗星的四边形勺子部分组成的;追逐者就是勺柄的星星,他们高高举着长矛。在另一个版本里,整个北斗都是熊的身体(勺子)和尾巴(手柄),追它的则是牧夫座变身的狐狸。

为了让这个狩猎故事容易被人记住,你得添加一些逼真的细节,比如秋叶在狩猎季节变红了。大湖区狐狸部落的一位成员对19世纪末期的旅行者讲了这么一个熊的故事:一次,初雪过后,三个人一大早就出去打猎。他们很快就发现了熊的踪迹,一路追踪过去。不过,在他们找到熊之前,熊先闻到了他们的气味,朝北面狂奔而去。"它朝正午的太阳跑过去了。"在东侧追击熊的猎人说。而在南面守着的猎人则喊道:"现在它朝'日落的方向'去了。"他们一圈又一圈地追了好几天,逼着熊不断地在这块区域内四处奔走,直到一个猎人往下看了一眼。他看到了整个世界。原来,他们追着追着,一路追到了天上!等他们到了一个叫"河流汇聚的地方",一个猎人对另外两个说:"现在得回去了,否则就回不去了。我们已经上天了。"可他们还是接着追,到了秋天,他们终于逮住了自己的猎物。他们杀死了那头熊,剥了它的皮,把它砍成小块,晾在橡树和漆树的枝干上晒干。因为在猎人文化中,分享食物和不许偷吃一样重要,猎人们在吃熊肉之前虔诚地把他们的一部分猎物扔向了天空。

朝黎明的方向,他们扔的是熊头;他们说冬天天亮前,来自熊头的星星就开始升起来。前面的四颗星就是那头熊,后面的三颗星就是三个追逐者。到了秋季,当"大熊"紧贴着地平线时,橡树叶和漆树叶就变红了,因为猎人们在树干上面晾晒了带血的熊肉。

N.斯科特·莫马戴是基奥瓦的讲故事的人。他讲述了另一个版本的熊的故事。那是他们住在(怀俄明州的)魔鬼塔下面时,他父母跟他讲的。那座孤立的山丘因1977年的科幻电影《第三类接触》而出名。在他的故事里,有八个基奥瓦小孩,七个姐姐和一个弟弟。他们在布莱克山里玩猎熊的游戏。男孩假装是头熊,在树林里追逐姐姐们。女孩们假装害怕,跑得飞快。突然,男孩真的变成了一头熊。女孩们真的怕死了。她们为了活命越跑越快。她们跑过一个巨大的树桩时,那树桩突然开口说话:"爬到我这儿来,我会救你们的。"小女孩们爬到树桩顶,后者开始慢慢升高。等熊追到树桩底下想吃掉她们的时候,树桩已经高不可攀了。"小女孩们都升到天上去了,成了北斗星。"如果你站在魔鬼塔的南部(北纬45度)抬头看的话,可以看到这个神话把天上和地上的景象惊人地杂糅在一起。随着初秋暮光的显现,北斗出现的位置很低,差点就掉到北边地平线以下了。七颗星正好躲在一块令人惊奇的巨石之后。讲故事的人最后说道:"所以,你看,我们基奥瓦人在天上是有亲戚的。"

北斗-大熊的故事出人意料地在北半球非常流行。甚至还有一个古希腊的版本,不过跟其他版本的大熊故事很不一样。故事得从阿卡利亚女王卡里斯托讲起。女王酷爱狩猎(与贞洁)。一天外出打猎的时候,卡里斯托被宙斯强暴了。因为担心被报复,她隐瞒了这次遭遇,尽可能地不告诉她的朋友们,但她的肚子越来越大。当阿尔忒弥斯发现这桩丑事时,她剥夺了卡里斯托的女性身形来惩罚她。她把后者变成了一头熊。卡里斯托的生活从此发生巨变。卡里斯托在森林里到处游荡，直到最后被猎人抓住，当成礼物呈送给国王。有一天，她闯进了祭祀宙斯的神庙。送礼的人因为她的非法侵入而追杀她。可是宙斯可怜她，把她安置在天上。他叫她阿尔克托斯（Arktos，希腊之熊），后来这就成了我们北极一词 Arctic 的来源。（故事还有另一种结尾，卡里斯托的儿子在树林里打猎时，被变了形的妈妈认出来了。她一时母性大发朝他扑过去，结果被他射杀了。）

天上大熊的故事从北纬中高地带向南传播。这可能是希腊大熊座的古代来源。西伯利亚的猎人甚至还跟随着北斗在夜空中移动的足迹（同样的方向）穿越曾经连接亚洲和美洲的白令陆桥。三万年前，人们开始向美洲迁徙时，北斗与北天极的相对位置和今天差不多。

外人对于极地星座的故事可能有强烈的反应，觉得这些故事匪夷所思，且过于含糊，无法研究。就目前为止我们听到的这些充满想象力的故事来看，这种不屑的态度似乎很偏颇。

仔细分析一下，当我们看到星星全都围着固定极点不停转圈时，我们对它们的运动的反应，就像我们对地球自转的共同理解的反应：星星在天上相对于我们的运动，就跟我们在高速公路上飞速前进时看到两旁的房屋、树木和山峦后退一样。我们可以通过实验科学地证实这一效果。

在我所讲述的故事背后的联想思维中，没有所谓的因果解释。联想思维可能源自史前时代，是一种在宇宙中回忆已知模式的方法，也是把一种模式和事件纳入一个体系的手段。这个体系能涵盖发生在其各个部分之间的彼此关联或相互影响。简单来说，就是列单子。比如，就像我可以从头到脚列出我身体的各个部分，我也可以将我的一生从出生到衰老列出不同阶段，把这个连续统一体从头到脚一阶段、一阶段地列举出来，列成一段段或一节节相连的部分。这样，我就可以说我的头部代表了我的童年，我的脚代表了我的老年。通过列出组成我的世界的所有事件——或者说元素、季节、黄道上的星座——我可以塑造一个核心基于关联原则的有等级秩序的系统。在猎熊的故事中，秋天的叶子变红，就和地球上的季节交替，还有天空发生的一系列事件对应上了，而这些我们本来以为属于人类经验之外的领域。对于早期的人类社群来说，这样的联系能带来安慰与可预见性，且为生存提供便利。因为它们帮助人们辨认和记住季节的变换。

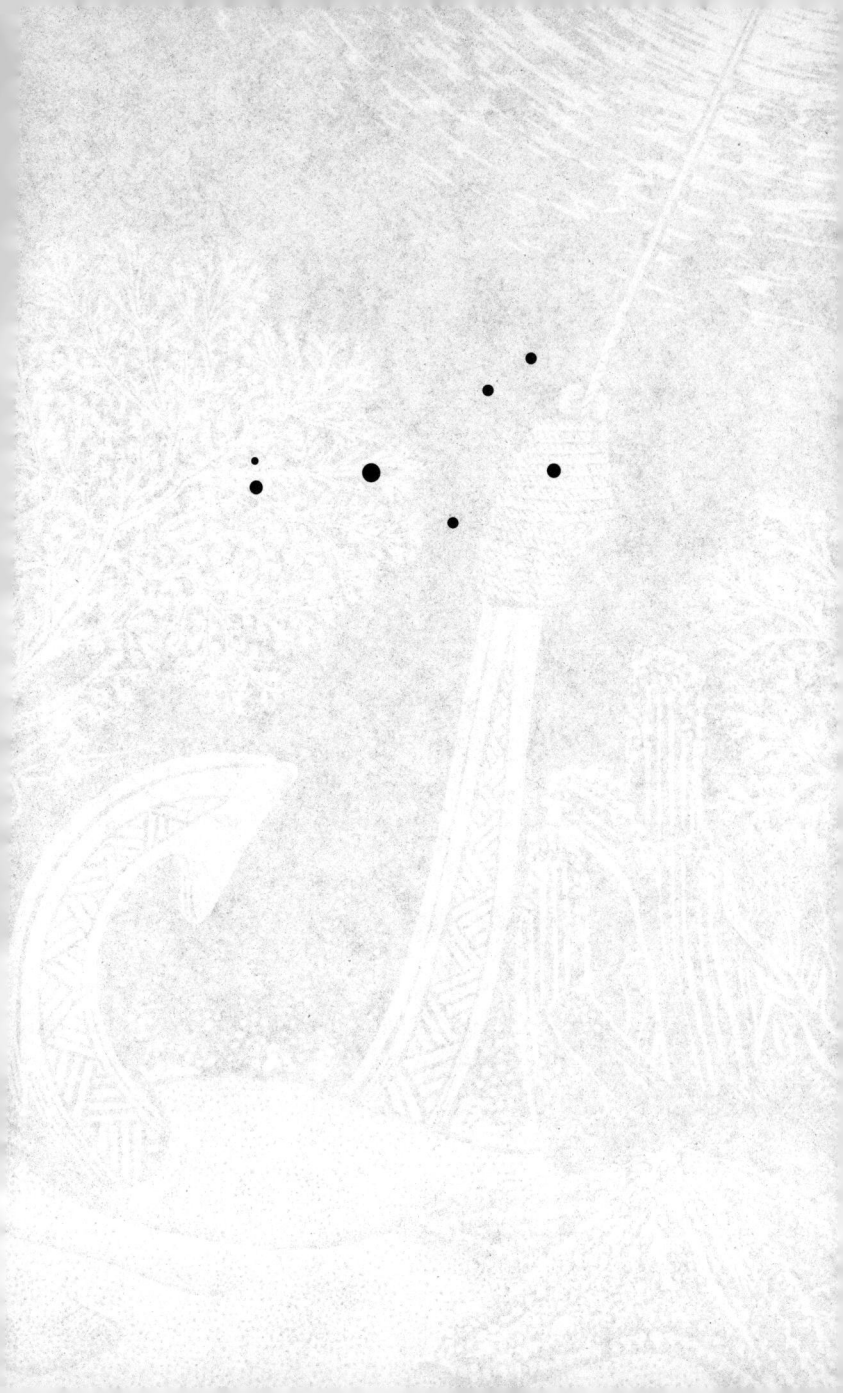

7
热带地区的星图

你有没有注意到天蝎座的尾巴就像一个钩子,尤其是它刚从东南部升起来的时候?夏威夷人把它称作毛伊的鱼钩。毛伊是个神话人物。他是个渔夫,喜欢在哈雷阿卡拉山下的珊瑚礁里钓鱼。那时,这片群岛间到处都是鱼。可是毛伊一直没钓到多少。他的兄弟们常常嘲笑他空手而回。他们都不知道毛伊其实有一个神奇的鱼钩。不过,他一直保守着这个秘密,留着它派大用场。

一天,毛伊决定跟他的兄弟们开个玩笑。他故意把自己的鱼钩钩在了海底。"玩命地划吧,"他对他们说,"我貌似钓到了一条大鱼。"他们真的就玩命地划桨,毛伊钩起来一个很大的岛屿,后来就叫毛伊岛。他的兄弟们忙着划桨,根本没注意到。于是毛伊只好重复了一次,这次钩住了另一个更大的岛——夏威夷岛。然后又换一个——瓦胡岛,然后是考艾岛、拉奈岛、莫洛凯岛、尼豪岛、卡霍奥拉维岛等。夏威夷群岛就是这么来的。

这个故事的另一个版本的结局就不一样了。在那个故事里,毛伊喜欢在大岛的岸边钓鱼,他叫他的兄弟们不要往后看,看了的话,这次出来就会一无所获。这时,水面上出现了一个舀水的葫芦,毛伊顺手就把它捞过来放在了身边。一位美丽的水仙子突然出现。他的兄弟们忍不住回头去看她。他们一回头,线就松了下来,毛伊的兄弟们从深海里钩起来的岛屿又慢慢沉了下去。这就是夏威夷只是一群岛屿而不是一整块大陆的原因。

有一天,毛伊的妈妈抱怨说白天太短了,没有足够的阳光来晒干衣服。"太阳为什么走得那么快?"毛伊开始想怎么解决这个问题。他想要抓住太阳。等他抓住时,太阳求他脱开钩子,并承诺会慢下来,让夏天的白日更长些。大家也看到了,这个承诺至今还生效呢。太阳经过仲冬黎明前的天空的某点后,白天就会一天天变长,毛伊的钩子就挂在黄道的那个点旁边。太阳每年走到这儿就会被钩住。

毛伊的夏威夷天空和我们上一章提到过的北极居民的天空还是有很大差异的。要搞清楚这点,我们可以从因纽特人的居住地开始一路南下。他们所在区域的北极星挂在天上70度角的位置,星星们都是从东边冰原上很低的角度升起,一直这么低低地走到西边落下。在北极到赤道的中间点,北纬45度的地方(包括南欧、美国北部,还有中国北部),星星移动的轨迹开始和地平线呈45度角。北极星位于天际线和最高点的中间。等到你到了23.5度的北回归线(北非、墨西哥和印度),北极星离地平线(23.5度)就比离天顶(66.5度)近得多了。离赤道越近,星星的移动轨迹就变得越陡。到了0度时,北极星几乎就看不到了。天体基本上都沿着垂直的线路起落。这种以你为中心直直地升起、到顶再落下的星星轨迹,跟那些在中高纬度地区的人看到的以天空中固定一点为中心的一圈一圈的星星轨迹完全不一样。

现在想象你自己在辽阔的热带海洋上乘着独木舟向东行驶。你眼前的水平线光滑平整,完全没有任何桅杆或者通道来引导你。你看到星星垂直地在你面前升起,又垂直地在你身后落入海洋。你可能会开始怀疑:是我在动吗?还是我没动,是天和海在翻转?波利尼西亚的航海者就声称他们经历过天空和海洋的翻转。19世纪初一位佚名的传教士抄下了塔希提人的几句海上歌谣。这些海上歌谣描绘了想象中

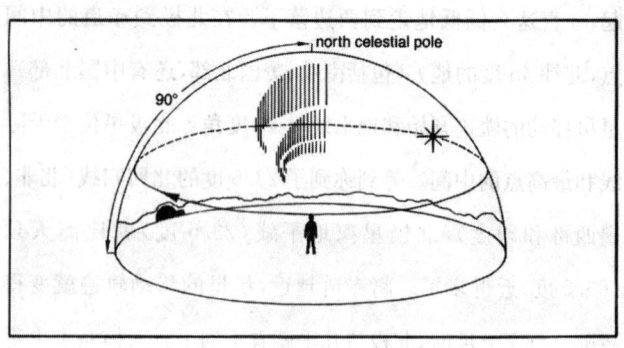
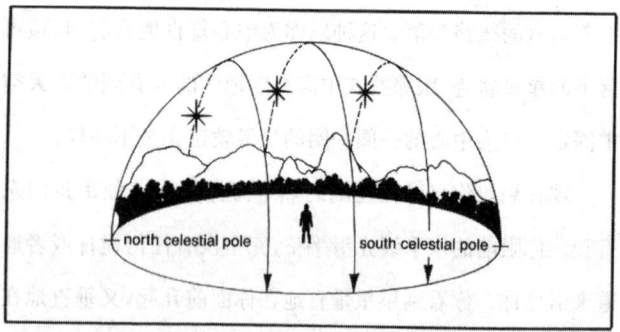

北极(上)和热带(下)天空的星星轨迹的对比(Peter S. Dunham)
North celestial pole 北天极　South celestial pole 南天极

的大地和天空被翻转到地平线上的动态景象。

大海把巴斯克特岛整个抛了起来,然后是安古拉岛。海面上矗立着亚尔迪巴朗(毕宿五),他在为利奥大神哭泣。

努力吧!往哪儿游?往落下的太阳那儿游去吧,往猎户座游。

18—19世纪,在大洋洲的西太平洋群岛当一名海员就像今天的神经外科医生一样受人尊敬。18世纪,一位到过这些岛屿的欧洲船长说,他们那里掌握地理、航海和天文知识的人屈指可数。在那个99%都是海水的区域里,在不断变换的海风、涌浪、激流中,从一个地方驶向另一个地方需要精心培训过的技能。而熟悉天空则是最为重要的一项技能。在东密克罗尼西亚,这样的专家叫缇博罗。他必须是个敏锐的天空观察者和一个经验丰富的海员。他必须能准确地记住并定位每一颗星星,用一张想象的三维星座图来作为指南针导航。这个人知道如何辨别整个晚上出现在同一地平线上的星星组合,利用这一知识来驾船驶向特定的岛屿。这些缇博罗是怎么掌握这些技巧的？而且为什么是这些非同寻常的连成线的星星组合呢？

阿罗拉岛是吉尔伯特群岛中的一个太平洋环礁。它的北岸点缀着六七块简单切削出来的石板。每块都跟一个人的身形那么大，平行地放置在地上。其中一对指向50英里外的邻近岛屿塔玛拉；另一对指向85英里外的贝鲁岛；第三对指向巴纳巴岛，那都在440英里外的地平线上了。岛民们把这些石板称作"石舟"或者"航石"。它们除了用来为岛屿间的航行指明方向，还有其他指示功能。一位曾经见过某个缇博罗的现代海员看到过他们运用"石舟"展示此种功能。"石舟"就在他们家后面。那是他父亲在他祖父的"石舟"版本上改建的。这玩意儿东西向长5英尺，南北向长4英尺，就是安放在一堆大小方向不一的三角形石块上的长方形石板。那些三角形石块代表的是海浪的大小和方向。一大块脑状珊瑚立于这位置，象征着海神。当时（20世纪60年代中期），这位缇博罗还在用这套模拟器教自己的女儿航行。不幸的是，岛民们提供的很多本土星星的名字都并没有被认真记下来，也就没法一一对应到西方的星图上去，所以我们现在不知道他们系统中大多数星星的名字。

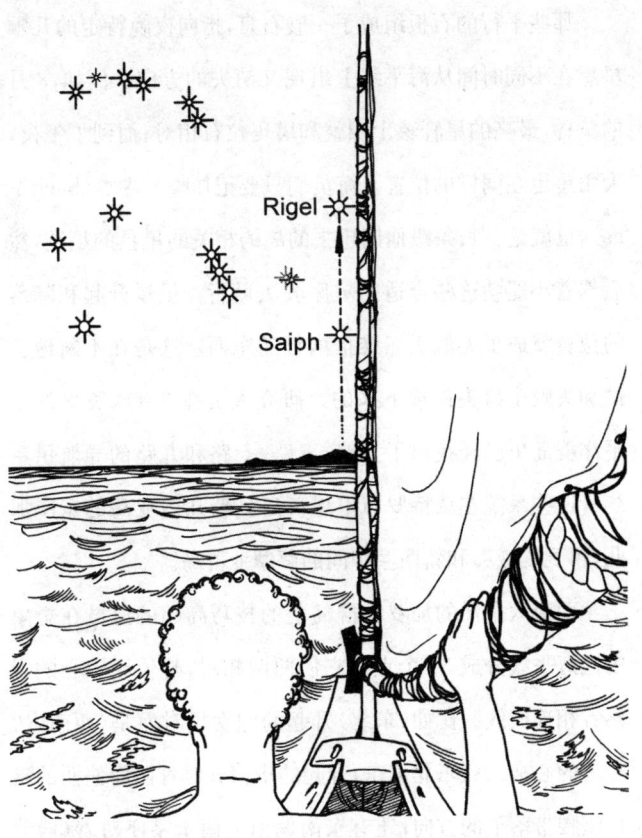

依靠线性星座导航的波利尼西亚水手(Julia Meyerson 绘图)

Rigel 参宿七　Saiph 参宿六

那些平行的石板组成了一艘石舟，指向夜晚特定的几颗星星在不同时间从海平线上出现又消失的方向。例如，8月的黄昏，最亮的星轩辕十四就和塔玛拉石相对；而到了午夜，大角星也在同样的位置。海员们只要记住哈韦恩嘎（havienga），也就是一长条跟他们想去的岛屿相关的星星的星链，然后驾着小船朝这些合适的星座驶去就行。星星升起和降落的位置就成了类似于三维指南针的东西。这是在不断地尝试和失败中口头传承下来的。研究人员在3 000英里的太平洋群岛里已经找出了三路、五路、七路和九路的导航星系统。这些系统在从特罗布里恩群岛到新几内亚岛的东岸那儿，再到夏威夷和新西兰中间的萨摩亚群岛。

西南太平洋的加罗林群岛上的技巧高超的海员在想象中把海平线分成32个点。它们两两相对，与位于中心的观察者相连成线。比如（东北）升起的织女星对面是（西南）快降落的心宿二；（东北偏东）升起的毕宿五对着西南偏西的猎户座腰带落下的方向；还有东南偏南的南十字座对着（西北偏北的）大熊座 α，等等。

夏威夷的海员们用挖空的葫芦发明了星星指南针。1865年的一本旅行手册记录了他们的操作指南：

握住(圆圆的)葫芦下半部……上面画了几条线……这些线叫作 Na alanui o na hoku hookele(意为"领航星指引的大路")。里面的星星也叫 Na hoku ai aina(意为"统领大地的星星")。位于这三条线外面的星星叫 Na hoku a ka lewa(也就是"陌生的、奇怪的或者外面的星星"的意思)。第一条线从 Hoku paa(即北极星)到最南边的 Newe(即南十字座)。这条线的右边或者说东边叫作 Ke alaula a Kane(意为"卡尼的黎明"或者"明亮的大道")。而左边或者是西边叫作 Ke alanui maaweula a Kanaloa(意为"卡纳罗阿的繁忙大路")。[1]

葫芦底部上的其他记号是几个重要导航星。

这种导航方式来自好多代人的经验。为了把行星的位置翻译成远途航行的方向,大洋洲的海上天文学家们创建了其他文明的宇宙学和天文学中都没有的两个概念:线性星座和想象的星星指南针。人脑创造出来的这两个东西似乎都

---

[1] 此段保留原文的词,为夏威夷语。——编者注

是环境催生的产物。热带地区的星空走向,使得人们可以使用一些与传统的磁性指南针和其他现代文明的天文工具不一样的导航技巧。想想看,北太平洋或者是南大西洋的水手在跟着线性星座航行时会遇到什么问题。导航星一出现,就会开始朝它第一次出现的地平线方向移动。除非另一颗替代的导航星立刻出现,更远的航程恐怕就要大大偏离直线了。比如,如果一个人想用一系列的"线性"导航星引导自己从新西兰驶向大不列颠群岛,那这艘船很快就会脱离航道。

讲究实际的大洋洲人利用当地的地理条件,把它变成了优势。他们发展出以地平线为基础的天文学,是因为在近赤道维度上,这个最有用。这套体系涉及利用头顶的顶点。海员要记住法纳肯噶星,就是那些经过头顶的星星,每一个都是指向某个特定岛屿的。(照现代天文学的说法,头顶某颗星星的倾斜角度或者离赤道以南或以北的角距其实跟观察者的纬度是一样的。)用当代话语来说,当导航星的轨迹跨越头顶时,海员就知道到达他的那个目的地的纬度了。所以汤加人说天狼星就是斐济群岛(南纬 17 度)的法纳肯噶星。而牵牛星是加罗林群岛(北纬 9 度)的法纳肯噶星。基于现代的测试和纠错,海员们发现在海面平静的条件下,你可以靠观测法纳肯噶星来估计地理纬度,误差在 1.5 度之内(大概 35 英里)。

直到 1890 年,一位不知名的塔希提海员才第一次对一位外来客背诵了这些指令:

> 如果你想航行去 Kahiki(夏威夷),你就得会辨别海洋上空新的星座和陌生的星星。当你到达 Piko-o-Wakea(赤道)的时候,你就看不到 Hokupua(北极星),这时 New(?)就会成为导航星,Humu(?)[1] 星座就会是你的向导。

不幸的是,这些天上的向导一直没能对应上英文名字。

目前我们所知道的是,大西洋中部的原住民水手对经度(跟纬度一样)没有概念。他们没有什么方法来处理经度问题。更重要的是,他们也没有动力去创造这种方法;尽管旧世界的海员发现使用计时工具非常必要,从沙漏到(后来的)航海天文钟都是为了把从西到东的行进过程划分为若干等

---

[1] 原文如此。

份。大洋洲的人利用他们关于风和洋流的知识,再加上天文观测来计时。也就是说,他们靠着纯自然的力量把航海磨炼成了一种艺术。他们最终成功地生存下来了,证明经度和纬度的知识——在我们的文化中如此司空见惯的概念——对于技巧高超的海员来说却没什么必要。不借助任何科技手段就想深海航行穿越东南亚群岛似乎很困难,可是现代人类学家和探险家们已经利用当地人的技艺重新实现了这样的航行。这充分证明了这事儿在以往肯定是有过的。

可是要想把这些导航概念跟好奇的外来人讲清楚总是困难重重的。最经典的无法沟通的例子就是一位德国船长实在无法理解缇博罗对其导航体系的阐述。这位船长在他1897年的日志中写道,那位缇博罗

> 曾经不加掩饰地说我是他遇到过的最笨的乡巴佬;他每天都跟我解释一遍,可是我每天还是问他同样愚蠢的问题;他本已跟我无话可讲,只不过是贪图那杯中物(雪利酒),那是老头最喜爱的东西。也只有它能让他重新变得友好起来。

关于大洋洲文化的一个常见问题就是,他们第一次到底是如何成功地从大陆航行到遥远的小岛上的。因为很多时候,这片辽阔的岛链之间都相隔几百英里。不过,人们倒是从不缺乏除纯粹的冒险之外的实际理由来从事这穿越辽阔水域的长途旅行,比如为了物质商品,为了突袭敌人或者作战,为了拓展酋邦势力范围,或仅仅是为了从无人居住的岛屿获取食物及其他物品。库克群岛的居民就曾航行超过185英里,只为获取奇异的鸟蛋。大陆上任何时候的经济困难都可能成为人们迁移到人烟相对稀少甚至无人居住的遥远岛屿上的理由。

确实,鉴于水上航行是这一带居民最基本的生存技能,利用星座连线的天空导航可能是大洋洲开化人群最为珍惜的技能。今天则正好相反,我们驾车旅行,把自己的行程交给公车司机、火车工程师、飞机飞行员,或者手机里的地图。多亏了现代科技,我们的长途旅行完全不需要我们看着天空辨别方向。只有少数放弃科技的帮助、享受寻找方向的人才会明白,天空的知识对于确定方向是多么重要。

波利尼西亚的故事是冬季夜空故事中最好的一个。它展示出了想象的海洋主题的神话图景,在热带文化中独树一帜(它跟希腊故事中关于自负的俄里翁的道德教诲有所呼应)。那里的人们把昴星团叫作马塔里基,即"小眼睛"。他们说马塔里基以前是一颗孤星,是整个天空中最亮的——太亮了,以至于它一升起来,它在海里的倒影就亮得让人睁不开眼。马塔里基对自己的亮度很是得意,常常对其他星星夸耀:"我比你们加起来都亮,甚至比所有的神祇都灿烂。"守护支撑天空的四根柱子的神塔尼听了以后非常生气,决定要把这个自大的家伙赶到黑暗地区去。它找了两个相邻的星星帮手:梅勒(天狼星),它是天空第二亮的星,对自己的对手毫不手软;还有奥米亚(毕宿五),它离这颗最亮的星如此之近,对这位邻居非常恼火,因为自己老是被它的光芒所遮盖。

有天夜里,它们偷偷溜到马塔里基背后。可是马塔里基发现了它们,立刻溜走了,躲在银河的深水处。梅勒爬到它的上游,让流水改道,躲藏者就现形了。马塔里基再次逃跑,穿过天堂拱门之后,它开始甩开自己的追杀者。绝望中,塔尼抓住奥米亚,用力把它扔向那个亮闪闪的家伙。这一下用力过猛,击中目标后竟然把马塔里基砸成了六片。等追杀者走后,这颗曾经是天空中最亮的星的残骸一瘸一拐地回到了原来的位置。奥米亚再也不担心在旁边的对手前黯然失色了。至于小眼睛,有人说它们现在还在窃窃私语,说它们现在六个比以前一个的时候更加显眼了。也许等风平浪静的时候,它们俯身凑近海平面,看到自己如今在水中的倒影,会自欺欺人地认为自己仍然天下无双。

8

天上帝国

根据一个在迎接第一声雷的仪式上讲述的波尼族印第安人的古老故事,郊狼的先祖是傻狼,傻狼是启明星的祖父,而帕鲁克斯帝是闪电的祖父,掌管着世间的火和星星的光亮。后者让人们晚上也能外出。帕鲁克斯帝也有他自己的星星——昏星,跟傻狼的启明星是对手。傻狼后来很嫉妒昏星的光芒和能量。他们说帕鲁克斯帝原本是要把所有的星座都放到地上去的,让他们作为神族永远生活在那里。可是傻狼派了一群狼偷走了帕鲁克斯帝的闪电袋。人们杀死了那些狼,让这个世界上第一次有了死亡。

人们很想让死去的人过一阵子就回来。当一些人回来之后,有些人却想待在那里。傻狼开始着手让他们活不过来。他建了一个医疗屋,用旋风把所有的魂灵都吸了进去。一旦进去,他又掀起一阵风关上了门。从此以后,所有人都必得历经死亡。他们说,为了洗刷自己带来死亡的糟糕名声,郊狼的先祖星招募了蛇星(心宿二)当帮手。后者派出很多蛇到人间杀死了那些敢于说他坏话的人。

拉科塔圣笛保管人的父亲曾经告诉游客:"(天和地)都是一样的,因为地上有的天上也有,天上有的地上也不缺。"(现代宇宙学家会同意这一说法的——宇宙中所有的东西都是由同样的一些材料组成的!)拉科塔用"上呼下应"的星相术语来解释这种对称:地上有山峦、峡谷、岩石、庄稼,而神圣的故事里讲的天上星座是跟地上景象一一对应的。他们的星星大多位于或者接近黄道,本意就是要把拉科塔人走过的不同地点跟相应的星座同步起来,与太阳在相应星座位置上的出现保持一致,这就是他们所谓的太阳的地上之路。比如,魔鬼塔就跟马托·提皮拉(北河二、北河三及周围六颗星)对应。而魔鬼塔南边的冬季营地则被同在南边的一双星座标记出来,它们就是西方人所谓的三角座和白羊座。

想象一下,要是英国殖民者没有来到新世界会怎么样?要是拉科塔人没有被赶走会怎样?要是他们巩固了对周边部落的影响——他们真建了个大城市来加强自己的权力和影响力,也许那个城市的设计布局就会保留下来,甚至得到进一步阐述,而更多宇宙的标志会出现在这个村子里神圣的空间。这种事在北美的大平原上从未发生过,可是它出现在世界其他地方,甚至发生在简陋的小屋里。

太平洋中央的吉尔伯特群岛里的基里巴斯岛横跨赤道。生活在岛上的人说天空就是他们的屋子。他们把这个天屋(uma ni borau)的穹顶的东西向垂直地分成很多段且一一命名。然后再用另一套与地平线平行的线把这些区域横向分割开来。他们管垂直的线叫大梁(头顶南北向的经线)和椽子(小圈)。他们把水平的拱线比作横梁,或者檩条。他们就靠观察星星在这样的想象出来的盒子般的宇宙中的住所的位置来给星星定位。

基里巴斯人不仅用他们的天屋模型来定位星星,还用它来划分季节。比如当昴星团在日出前一小时到达东边的第一根檩条时,他们知道太阳已经到了6月的夏至点,那意味着雨季的来临。同样,如果看到心宿二到达这里,那就意味着太阳到达了春分点。有位长者告诉19世纪的人类学家亚瑟·格林布尔爵士，"当你看到林维马塔（心宿二）在西边的大梁和第一根檩条中间时，你就知道太阳到了 Bike ni Kaitara（面对面的小岛）"，在基里巴斯语里，这是春分的意思，意味着旱季的来临。

纳瓦霍人在天空和他们自己生活的地方之间也创造了一个类似的建筑式联系。他们把它叫作霍甘（hogan）。霍（ho）是地方的意思，甘（ghan）是家的意思。霍甘的世界是黑神创造的。我们在纳瓦霍人关于昴星团的故事里提到过后者。是他在天空里布满星星，而天空就成了所有我们这些后代在地上创造的霍甘的原型。出于对黑神的尊崇，所有的霍甘都必须排列成跟星星跨越夜空的方向一致。而且霍甘必须有跟天空一样的穹顶；必须跟太阳一样是圆圆的（ha'a'aah，意思是"常规移动的圆圆的物体"），因为太阳是光和热的源头。最重要的是，霍甘必须朝向东方，那是太阳每天开始其行程的地方。

每个霍甘都有四根柱子，四个重要的方向各一根，就像四座大山撑起了天空。霍甘的墙都是垂直的，就像大山一样。当你进入霍甘时，必须按顺时针方向走动，模仿太阳运动的方向。霍甘内部没有隔开，却区分了四个专门的区域，或者凹室——东南西北。有做饭吃饭的地方,在东边;有白天招待客人的地方,在西边。祷告和祭祀的地方在北面,工作的地方在南面。第五个方向,中心象征着天空,中间围着一个火炉——太阳。

纳瓦霍人的领唱人把家务事跟特定的星座联系起来。他们把北斗星看成转动的雄性,仙后座是对应的雌性。他们一直围着北极星转。那是天上火炉的点火器。这一对老夫妻因为天天待在家里照顾火,成了积极的模范。他们总跟家人在一起,兢兢业业地履行着自己对家庭的责任。

跟基里巴斯人和纳瓦霍人的房子一样,斯基第的波尼人的住宅能容纳 30 多个家庭成员,它也模仿天空的建筑样式。圆形的穹顶就像是天空,下面每一个组件的设计和排列都精确地模仿天空。大门开在东边,四方有柱子支撑,还有一个精心安置的烟洞,里面的居民能通过它看到外面的星星。民族学者詹姆斯·谬里 19 世纪末出版了一部记录他跟波尼人一起生活的著作。他写道:"某一时刻,一位祭司……抬头从那个烟洞望出去,如果他能直接看到(某些)星星,就知道该举行播种仪式了。"可惜的是,谬里虽然有位波尼母亲,他却没有透露太多细节;不过我们从后来的知情人那里得知,昴

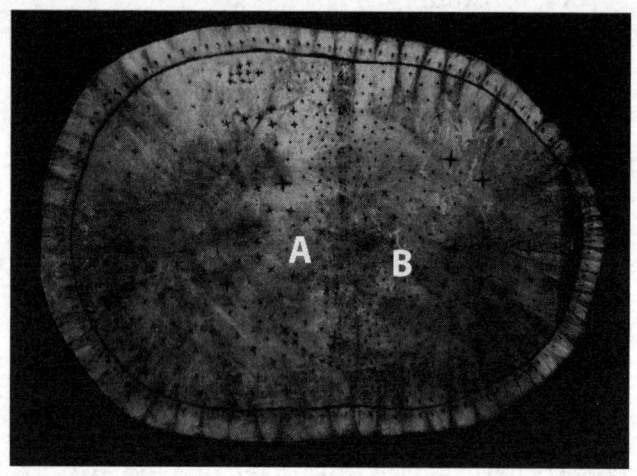

19世纪斯基第的波尼人的星图。注意在这种文化中,中间的位置是留给两个最重要的星群——(A)北冕座和(B)昴星团(Werner Forman/Universal Images Group/Getty Images)

星团在波尼人那里是团结的象征,会在7月末日出前出现在这个烟洞里,观测者只要靠着房子中轴线的墙边就能第一个瞥见昴星团。之后,他们再看到它就得等到冬至时的黄昏后了。议会首领星座(我们的北冕座)耀眼地照进烟洞,它在昴星团出现的对面位置。这就能解释它们在本地星图上占据的显眼位置。波尼人的房子既是一个遮风避雨的地方,也是一个天文观测台或者天象台——大自然现场教室。在那温暖的斗室里,孩子们可以亲眼看到天空的景象,把它跟听到的现实的生活故事和道德教诲结合起来。

基里巴斯人、纳瓦霍人和波尼人的家居建筑是诸多例子中的三个典型,它们展示了我们头顶上的两层屋顶之间的密切相似性。想想现代人关于家的理念跟他们是多么不一样。从建筑上来看,今天的住所对于公共空间的安排少多了,例如,每个家庭成员都总有自己的私密空间,几乎没人经常在客厅待着或者在厨房用餐。环境因素也很少在我们居住的房子的朝向和布置上起到重要作用。人们从远处引进流水,种下各种树木,选择好山景或者海景,甚至有专门的晒台。可是星星跟我们的生活空间有关系吗?对绝大多数现代人来说,这无关紧要。

斯基第的波尼人和拉科塔人在设计他们的家与社区建筑时，都是在寻求跟宇宙的宏大联系。实际上，他们是按照星座的位置来布置整个村子和标志性建筑的。他们有个神话说，星星们原本是来过人间的，他们根据自己在天空的位置建立营地。斯基第人给每个村子都指定了一颗守护星，而每个村子也都恪守着跟这颗星相关的礼仪。例如，生命和智慧之神提拉瓦统治下的最西边的村子第一个根据农事日历举行庆祝仪式。这个初始仪式就是迎接初次闪电的仪式，发生在第一次听到雷声时，大约在春分时节。北斗七星勺子上的四颗星加上他们围着转的北极星，跟地上的五个村庄相对应。他们的神庙是百姓参与部落事务的地方。各个村子通过派人监督跟部落事务关联的仪式，比如播种、收获、打猎、任命头领和为武士们授予荣誉等，参与部落管理。

随着四季变化，这一礼仪会自西向东从一个神庙传到另一个神庙。在晨星的照耀下，东边的村庄是最后一个。它的任务是举办一次献祭，把上下两个世界联系起来，确保地球上所有生命都能世代绵延。之后整个仪式又会周而复始。我们对于仪式上具体有些什么程序不甚了解。波尼人的头领对于他们如何执行仪式一直三缄其口。不过有一个头领倒是说过,他们"描述创造世界、建立家庭和仪式起源的过程,以此来提醒大家,个人独立于提拉瓦,但必须向提拉瓦祈求食物"。

中国的王朝是个高度官僚化的社会,尤其重视对夜间天空的观测和记载。皇家的历史里充满了冗长的天文记录,包括哪颗星在什么时候、什么方位出现或消失,以及星星的颜色、亮度、移动方向等细节,而它们在何时何处聚集更是特别重要。这些历史记录在星座和皇家事务之间建立了深刻的联系。所以有个中国史官兼皇家星相家说,要是"天上的宠臣"(行星)聚集的话,不是大兴就是大灾。他写道,之所以这么说,是因为一次它们聚集在房宿[1](天蝎座)时,周朝兴盛起来(公元前 1000 年);可是当它们聚集在箕宿(人马座)时,以昏庸堕落闻名的李期登上了皇位(公元 314 年[2])。

正如我们前面提到的,西方世界是从古希腊传说中获取

---

1 原文为 Roon,应该是 Room(房宿)的笔误。
2 原文如此。其实李期只是西晋之后十六国中在成都建立的成汉小政权(304—349)的第三个皇帝。他出生于 314 年,334 年弑杀堂兄李班登位,338 年被堂叔李寿废为邛都县公,幽愤自杀。

星座名称的。在原始的48星座中,虽然有些确实是与神话相联系的,比如仙女座、英仙座、猎户座和天蝎座,但大多数是没有关联的。中国人的体系就很不一样。当中国人掉头往北看时,他们没看见一对旋转的熊来提醒他们狩猎季节到了。相反,他们看到的是由所有283个星官相连组成的巨大体制。跟纳瓦霍人、波尼人和拉科塔人的天屋或者住所一样,中国人的天空也被设计成一个星体帝国。最重要的是北方天空的三个区域。它们全都以代表皇帝的固定不动的北极星为中心。

孔子就把君主的统治比作北极星:正如君主是世俗国家的轴心,天体的轴心就是北极星。就像是星星围绕着固定的北极转一样,整个国家围绕着固定的君主运行。传说,圣王就是因为他母亲受到北极星的一道光的照射才诞生的。显然,北极轴心的固定位置成了国家永恒权力的象征。正如皇帝在地上的领域,所谓紫微垣象征着皇帝朝廷中的各个官职。它由紧紧围绕着天空转动的中枢位置的星星组成,这些星星永远不会落下。它们中的每一颗都对应着地上朝廷的相应官职。

我们所说的小熊座的其中四颗星再加上另外两颗星,组成了勾陈星宿,是公元前2世纪秦朝的"角度排列者"[1]。它们其中的某颗星是太子,掌管月亮;而另一颗是大帝,掌管太阳;第三颗是庶子,掌管五星;第四颗则是后宫;第五颗是天宫本身。如果帝星失光,地上的对应者也会失去权力,而皇太子就会趁帝星昏暗时蠢蠢欲动,尤其是他的星星出现在帝星右边时。

在天宫旁边的四颗星是四辅。在中国古代的星图里,它们的位置非常适合完成自己的任务——向国家各地发号施令。还有,华盖是由一系列围绕着北极星的类似保护性的星链组成的,大致对应的是我们的天龙座、天猫座和鹿豹座。在宫殿的居民及亲信之外的是北斗七星。这七个监察官更关注的是天条在凡间的实施,所以它们位于更加靠近地面的位置,这样才能好好看着帝国的四方。

五代时期(公元10世纪),北斗被看作行政中心。它是著名的道士和神仙张仙的宅邸。张仙的前世就是孟昶皇帝。这个皇帝生活骄奢(淫逸)。他的夜壶都是金的,还饰满珍珠。宋朝的开国皇帝赵匡胤打败了他,占据了他的皇宫。他

---

[1] 原文为angular arranger,是英文对"勾陈"二字的意译。

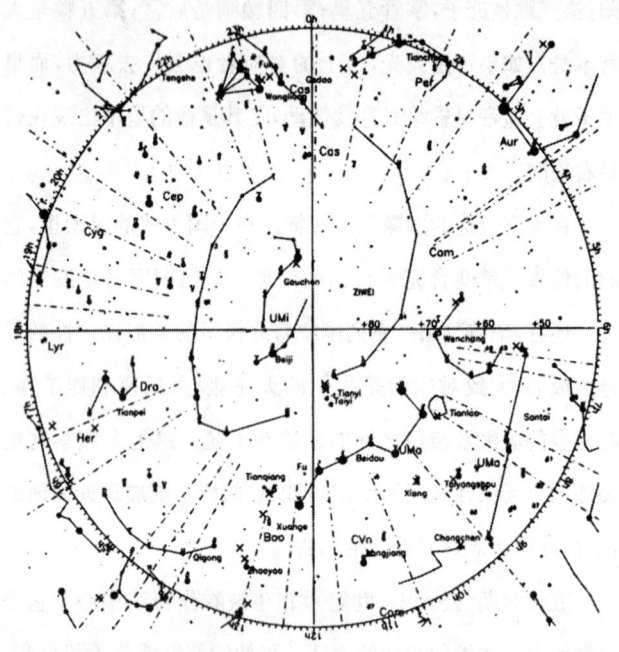

中国的紫微垣星座图。皇帝是固定不动的北极星,是勾陈星宿中最亮的星[选自 S. Xiaochun 与 J. Kristemaker,《中国汉代星空》(Leiden: Brill, 1997),第 70 页]

看着这个金光闪闪的夜壶说,任谁在这样极端的生活中沉浸享乐,都应该感到羞愧。赵匡胤把孟昶和他的妃子花蕊夫人关了起来。在给俘虏他的人又制造了一些麻烦之后,这位亡国之君最终被刺杀了。为了纪念自己的丈夫,花蕊夫人为他作了幅画像。当赵皇帝来看她时,问她:"这幅画画的是谁?"花蕊夫人害怕被责骂,就说:"是张仙。"那是在四川很受欢迎的一位神仙,谁祭拜他,他就会给谁送个儿子。就这样,后主孟昶就成了荣耀神仙的替身。

还有一种说法是,北斗乃天帝的马车。天帝经常围着中央宫殿转圈巡查。这七颗星的星光就是阴阳的源头。阴阳是解析两极对立紧张关系——比如雌雄、光明与黑暗、主动与被动——的二元认知法。阴阳随着宇宙时间兴衰涨落。它们一起组成了人间的种种可能。国家的每一件大事都是随着好的或者坏的星风吹过天空降临的。

紫宫的其他部分,有的是暗星,包括柱史、女史、御女、大理、三师、势、相、传舍、天厨、天床。地上没有哪一样重要的事务在中国的天上帝国是找不到对应的:有掌管婚约之星、掌精神疾病之星、风湿星、快乐星、掌讼狱之星、天牢星[1](瘙痒的源头),还有一颗叫作孤儿星的,能让女人变成男人。

中国的星空有两个斗。另一个离北极比较远,位于南边的人马座内。据说这个斗与北边的斗下棋,棋局的胜负决定生死。这一切都源于道士管辂见到一个年轻小伙子赵颜。管辂感觉到他虽然看上去没事儿,却将不久于人世;于是他决定帮这个小伙子,给他提供了如下建议。

> 汝可备净酒一瓶,鹿脯一块,来日赍往南山之中,大树之下,看盘石上有二人弈棋:一人向南坐,穿白袍,其貌甚恶;一人向北坐,穿红袍,其貌甚美。汝可乘其弈兴浓时,将酒及鹿脯跪进之。待其饮食毕,汝乃哭拜求寿,必得益算矣。但切勿言是吾所教。

赵颜依言而行。那两位老人只管下棋,根本没注意到他。他们吃是吃了,却并未吃出滋味。过了很久,其中的一位老人看到站在一边的小伙子,随口问道:"你是谁?你在这

---

[1] 原文为 Prion(朊蛋白)Star,应该是 Prison Star 的笔误,所以这里译为天牢。

里做什么?"赵颜就把自己的事儿讲了一下,求他们帮忙。"我们看看你的生死记录。"另外一位老人说。一看赵颜寿命只有十九岁,于是取笔一画,在"十"字上添一"九"字,寿命便改为"九十九岁",赵颜大喜,高高兴兴地回去了。回到家,他的朋友管辂解释说:

> 穿红者,南斗也;穿白者,北斗也……北斗注死,南斗注生。今已添注寿算,子复何忧?[1]

为了让皇家首府的设计跟宇宙能量和谐一致,皇帝会请人来看风水。风水师将一抔泥土撒向空中,根据其落在地上形成的图案来阐释,最终决定每栋建筑的位置及如何安排周边的一切事物。他的宇宙认知包括当地的磁场、河水流向及山地形态。他也可能会进一步问卜于甲骨——古代用于占卜的刻字的骨头。有时,工人们还会受命改变地形,清除大量的石头,并种下树木来调整所选地段的阴阳能量。(这样的建筑改造在北京、上海等城市的摩天大楼里还能看到。)正

---

[1] 此故事出自《三国演义》。相关引文皆出自《三国演义》([明]罗贯中著,人民文学出版社,2019年)。

确的城市形态,在于与自然环境正确相处——尤其要重视中轴线。城市要正常运行必须坐北朝南,还要有个方方正正的广场。历史学家保罗·惠特利说:"他们会在中心竖起一根柱子,用铅锤吊线确保它完全垂直于水平面,再测量这根柱子的影子。(然后)晚上观测北极星的位置来精确确定东西方向。"中国史学专家李约瑟的结论是,这是跟万物相适应的宇宙模式,"是由生命本身的内部原则而不是某个上级权力决定的"模式。

现在,北京仍然按照其古老的宇宙规划在建设。站在天安门广场上,你可以看到钟鼓楼、人民英雄纪念碑、毛主席纪念堂都是精确地排在南北的轴线上的。沿着这条线往下,还有旧城的城门。现在,这条宇宙轴线用大理石铺出了一条步行道,标志着皇家子午线,或者说南北轴线。摆有皇帝龙椅的太和殿就在这条线的北面终点上,人们的视线在那里垂直升起,太和殿也就成了天地拱极之处。

北京的这种天人合一的设计,倒是跟基督教祷告语不约而同:"在地如同在天",这是"上呼下应"的另一种说法。实际上,我们都不用走出美国,在首都华盛顿特区就可以找到跟中国人模仿天空一样的社区建设理念。1792 年,一本流行杂志上的文章这么描述当时正在建设的华盛顿特区:"艾利考特先生通过观测星星,画出了一条真实的子午线。它笔直地穿过了拟建国会大厦的规划区。正是在这里,这条线跟另一条东西向的线相交。"

这种在北极星相对于太阳每天运行路线的中点画一条跟它垂直的南北路线的手法,正是北京古城使用的建设方式。华盛顿正是美国城市规划的典型,也是18世纪法国启蒙时期的产物。华盛顿的宏伟设计是由法裔美国军事工程师皮埃尔·查尔斯·朗方提出的[1],原本就是要与欧洲名城一决高下。华盛顿原计划建设成一个长宽各10英里的方形,四个角都跟中心对齐。国会大厦就像是古老城市中心的金字塔或塔庙,或者像后来的城市的教堂、庙宇或清真寺。

---

1 1791年,根据《首都选址法案》(Residence Act),华盛顿邀请朗方为新生的美国规划一个首都城市。最初,华盛顿和国务卿杰斐逊给朗方的任务仅仅是联邦办公大楼的选址和设计,但是朗方认为新首都的规划远远复杂过几幢建筑物的设计。1791年6月,朗方在到达新首都3个月后就向华盛顿上交了第一份规划草稿。正式稿在8月19日递交总统。但后来在1792年的持续讨论中,曾为新首都进行边界测绘的工程师安德鲁·艾利考特(Andrew Ellicott)与三名委员一同修改了朗方的规划。不久,华盛顿解聘了朗方,并将艾利考特的新首都规划作为建设蓝本。

启蒙运动思想家让-雅克·卢梭认为,不管是君主制还是民主制,每个政府都必须建立和神的联系。华盛顿辐条式的大街和大街上的方块格子激发起朝圣者——当今的游客——对国家神话的认同。这个城市沿着宾夕法尼亚大街从国会大厦到白宫的游行路线,还有从华盛顿纪念碑沿着林肯纪念堂到国会大厦的迷人路线,都是模仿布置仪式的方式和朝圣路线的古代习惯设计的。华盛顿把自己设定为权力中心,它通过模仿宇宙的几何特点,成为神圣空间和世俗空间的交汇点。就像古老的北京在中国人心里就是上天的映照一样,华盛顿就是美国人的天空之城。

9
星空天花板和巨型星座

塞特斯(鲸鱼座)是海洋怪物,也是天上最大的星座。它还是一个星空故事的主角。这个故事回答了那个经典问题——谁是世界上最漂亮的女人。而故事起因就是埃塞俄比亚皇后卡西俄珀亚(仙后座)吹嘘说她女儿,凡人安德洛墨达,比海仙涅柔斯的女儿仙女涅瑞伊得斯还漂亮。涅柔斯可是海神波塞冬的朋友。等到她的牛皮吹得越来越大的时候,波塞冬忍不住派出塞特斯摧毁了这个王国的海岸,吞噬了那个女孩。

古时候,跨越地中海可是危险重重。船只颠覆的各种离奇的报道,让海岸边的居民想象海里到处潜伏着各式各样的丑八怪。想想《希伯来圣经》中被耶和华杀死的多头带翅膀的巨蟒利维坦。耶和华后来拿这海怪的肉拯救了遭遇饥荒的人们。还有斯库拉,她是在意大利半岛和西西里岛之间的那片狭窄危险的海峡一侧（卡律布狄斯漩涡[1]的对面）巡游的美丽少女。可她也会变成有着四只眼、十二条触须、六个头，还有鲨鱼的尖牙的怪兽，专门弄沉船只，吃掉船员。斯库拉慢慢变成了你最好不要踏足的两个地方之一的代名词。

这类故事足以让非洲王国的统治者们惶恐不已。他们认为塞特斯是个长着鲸鱼头，有着刀片一般的牙齿，还与蛇一样盘着尾巴的巨大的海洋怪物。波塞冬的举动逼得卡西俄珀亚和她丈夫去找他们信任的阿波罗祭司寻求帮助。阿波罗说，没有其他办法，除非你们把女儿献给怪物，作为对你们虚荣的补偿。于是，这对父母脱光了孩子的衣服，用铁链把她绑在约帕海边的岩石上（在现在以色列的雅法，据说你还可以看到这块石头）。

那个时候，勇士珀耳修斯刚处理完另一场冲突，正走在

---

[1] 斯库拉是位于墨西拿海峡（意大利半岛和西西里岛之间的海峡）一侧的一块危险的巨岩，它的对面是著名的卡律布狄斯大漩涡。卡律布狄斯是海王波塞冬与大地女神盖亚之女。她因偷宰了大英雄赫拉克勒斯的牛羊，被大神宙斯扔进墨西拿海峡。她被禁于意大利半岛南端，积愤难平，每日三次吞吐海水，形成了一个巨大的漩涡，将经过的船只吞没。在英语中，有"Between Scylla And Charybdis"（前有斯库拉巨岩，后有卡律布狄斯漩涡）的说法，意译过来就是"进退两难"。

从战场回来的路上。他刚杀死了蛇发女怪美杜莎——一个长着翅膀和一头毒蛇头发的女人。凡人只要看她一眼就会变成石头。珀耳修斯很聪明地看着光滑盾牌上的镜像,侧身慢慢靠近才杀死她。然后,他就提着美杜莎的头回家了,路上正好碰见那个在危险国度面临被吞噬的命运的公主。紧要关头,珀耳修斯把他的长剑深深插入了那只丑恶怪物的心脏,解救了安德洛墨达。据说,后来他们结婚了。夫妻俩育有九个孩子(七个儿子、两个女儿)。他们的后代统治了迈锡尼。为了给这个故事布置一个合适的舞台,天神们把安德洛墨达与珀耳修斯放在北方的天空,离卡西俄珀亚皇后和克普斯国王(仙王座)不远。他们把海怪塞特斯安置在南边,跟其他一些听起来也是水汪汪的星座安排在一起,比如双鱼座、波江座和宝瓶座。

鲸鱼座是我最喜欢的星座。我10岁时看星星,怎么看都看不够,于是拿彩色纸板剪了星星的形状贴在卧室天花板上,这令我母亲大为懊恼(我们住在租的房子里)。我把我的床正上方的位置留给了鲸鱼座,猎户座的蓝色亮星参宿七在我的东墙上,天蝎座在西墙上。每天晚上,我都香甜地睡在星星的包围之中。

今天，如果看不到真正的星星，你可以购买贴心生产商提供的顶级的多彩光学纤维制成、有着 1500 颗星的星空投影。那些星星还能一闪一闪的，甚至还有（30 秒一次的）流星、银河及你喜欢的背景音乐。星空投影可以装在任何一个房间里，甚至浴室里。有一种还带天窗，可以跟真的天空结合在一起。有的公司还为夫妻们提供定制星空服务——能让床边四根柱子顶起一片跟你们结婚当晚一模一样的星空。一位热情的顾客评论道："真厉害！我们住在拉斯维加斯。那里看不到一颗星星。这（星空投影）真是一场全新的视觉体验！"（本来得去一趟沙漠才能看到真正的星星。）

埃及第 19 王朝（公元前 12 世纪）的法老塞提一世似乎和我一样喜欢睡在星空下。他在阿比多斯神庙里的纪念碑（或者叫衣冠冢）里有幅星空图。天花板上画的是天空女神努特踮着脚尖，伸长手指趴在那儿。空间神舒把她托起来。旁边的文字记载了一堂真实的天文课。它教你记录天狼星（也就是生育之神索提斯）的运动来测算新年的到来。她要是在仲夏时节的黎明出现，就预示着一年一度的尼罗河洪水来了。这洪水肥沃了土地。当落日触及努特的唇，太阳就收起了翅膀。此时,天空女神吞下降落的星星,第二天早上又会让它们重生。太阳第二次出现时,她的脚尖旁显出一段文字:"这位神祇的权威来自她后面的部分。"在努特大腿往上一点的地方,这段话继续:"他打开他母亲努特的双腿。"一个十进制的日历,就是把一年分成好多个只有十天的月份的日历,从努特的胸部一直排到大腿根,同时伴有象形文字:"这一切都发生在洪水季[1]的第一个月里,就是天狼星升起之时。"

是什么让塞提一世和其他法老乐于长眠在星空下呢?是类似斯芬克斯的神涂图(Tutu)。他是流浪魔鬼的主人,天空的守护者。他出现在很多陪葬的天文象形文字中,尤其是那些保护十进制日历的文字(在这里,都表现为埃及黄道上连续上升的36群小星座)。除了作为看得见的辛勤工作的群神的区域,十进制日历里也有看不见的魔鬼。涂图在那儿就是要对他们的行为施以限制。他保护国王,让国王能在阴间长眠在他身下。

---

[1] 埃及最早的历法合三旬为一月,合四月为一季,合三季为一年。三个季度的名称是:洪水季(Akhet)、冬季(Peret)和夏季(Shemu),冬季播种,夏季收获。

常见的一幅埃及星空图,上面有天空女神努特横跨天空缀满星星的身体(世界历史档案/alamy 素材图库)

埃及祭庙中竖立的星空天花板在(罗马)托勒密时代(公元前1世纪)变得尤为流行。在丹德拉,天堂和爱的女神哈索尔神庙屋顶上,画着一幅让人想起西方观星人所熟悉的黄道带的场景。那幅星图是一个圆圈,展现的是巨蟹座、一位蝎子女士(匹配天蝎座)、一只尾巴被女神牵着的狮子(在狮子座的位置)、拿着玉米穗的伊西斯(可能指室女座),还有一头牛的前腿和一位河马神。河马神塔沃里特是分娩的保护神。她用后腿站立起来,展现自己的女性特征,比如悬垂的乳房。埃及人很推崇这只母河马,她总能保护好自己的孩子,与暴躁的、往往不可预测的公河马相反。祭文中有一句咒语,以确保去世的国王可以升入天堂,还会得到塔沃里特洁白香甜的美味奶水的滋养。

现代教堂的天花板上也常常画有天体图像来激励教徒。2004年,加拿大新斯科舍省鲁伦堡的工人开始修复历史悠久的圣约翰大教堂。他们发现天花板上竟然有数以百计的星星。加拿大天文学家大卫·特纳认出,这些星星排成的图案并非随机。通过对照旧照片,他至少认出了英仙座,它画在靠东边的高处。不过,最让他吃惊的是,在新斯科舍省纬度这么高的地方,英仙座几乎很少能掠过地平线。于是他往回追溯,才发现这幅天花板星图和2000年前的天空完全相符。这位天文学家断言,这位天花板星图的设计者要给人们看的是耶稣圣诞时鲁伦堡的天空是什么样的。

著名的公共场所的星空天花板还有美国纽约中央车站的那幅。它是1913年由艺术家查尔斯·贝辛制作,由天文学家哈诺德·雅各比监制的。我总看它不顺眼,因为有好几个星座的位置不对。不过我不是第一个发现不对的人。1913年,一位上班经常经过这里的新罗谢尔的业余天文学家就发现这些星座都画反了。他很气愤,因为有些还挺误导人的,比如飞马座的位置本该是宝瓶座,巨蟹座那里本该是猎户座。雅各比教授声称是贝辛不小心拿反了打样的星图,因为他把星图放在脚下作为参考。雅各比说,画家本该把星图举在头顶上,而不是放在地上然后再往天花板上画。《纽约时报》报道,贝辛面对这一指责毫不慌张,只说"天花板画得非常漂亮"。也有人说,这些错误源自雅各比的样品,因为中世纪的手稿通常展示的是从外面看到的天空。

星星们守住了天空，而我们岩石上的星星则守住了岩石——至少建造星空天花板的纳瓦霍人是这么认为的。在新墨西哥州的西北部和亚利桑那州的东北部，大约散落着50幅这样的杰作。它们绝大部分都位于凸出或者深凹的岩石上——"天然天文馆"，考古学家们说——这些星星要么呈尖锐的十字状，要么呈叶片状，颜色有橘红、大红、深灰、蓝，还有黑。它们可能是拿包着某种浸泡过颜料的皮革或裁好的丝兰叶子的长木棍戳出来的。不过，目前人们还没有辨认出什么星座图案来，部分原因是纳瓦霍人对此极其保密。有些考古学家认为，它们可能代表的是一般的星星，也或许是某些特别重要的星星或星座。

纳瓦霍人为什么要建星空天花板？观星是他们用来问卦以诊断疾病、找到坏运气的源头的方法。比如说，在《大星经》里，占卜者从星星那里获得仪式知识。一般，他得先在星空下的大地上绘一幅夜间星座的沙画。就像那些在天花板上的星星，这些星星也被染成不同的颜色，而那些星座则据说能从构成它们的特定星光中获取灵力。沙画的目的就是要吸引超自然力量的治愈力，用它来识别病人，从受折磨的人身上吸走疾病。纳瓦霍人还说，超自然力量看到关于它们的沙画之后很高兴，于是它们就从天上下来，跟沙画合二为一。在沙画中能辨认出来的两个星座是两个纳胡克斯（围着中央篝火转圈的人），也就是北斗和仙后座。它们围着霍甘的火炉转。

对于南加州坦密库拉峡谷的鲁瑟诺族的星空天花板来说，辨认上面的天体没什么困难。一道带有阴影的白带代表着银河，从这块天然岩石屋顶的一端伸向另一端。两端的红色圆盘代表太阳，它到达至点时横穿银河。鲁瑟诺族口口相传，讲述了太阳被银河网抓住又逃跑的故事。太阳在黄道上向北移动，经过人马座的明亮星云时被银河网套住。当撞到这张网的北方一角时，它掉头回转，向南而去。到春分时，它就逃出了网，六个月后又会再次被抓住。那时，它到了银河和双子座的交汇处，这张天网的冬至点。

太阳被抓住时，鲁瑟诺族人就会为年轻小伙子们举行成人礼。男孩的母亲要用马利筋纤维织一张网，代表哇呐瓦特（Wanawat），也就是银河这张圣网。接下来，成年男子要挖一个巨大的人形壕沟，把这张网铺进去。然后他们从海边搬来三块大石头均匀地压在网上。男子要爬上最边上的一块石头，蹲下，从这里跳到其他两块石头上。如果此次成功，他最终就能跳得足够高而逃出这张网。若不成功，鲁瑟诺族人说，这人就会不久于人世。这个仪式，加上天上的网，提醒我们要知足，我们只是一时在地上，最终我们的灵魂是要飞到银河去的，那里才是我们天上的家园。

德萨纳部落是亚马孙西北处热带雨林中的图卡诺安人的一支。他们有个关于自己的开山英雄的故事。他的祖先是个到处游历的神祇，想要找一个把东西竖起来就看不到影子的地方。最终，他在赤道上找到了这个神圣的地方，在那里安置了他的子民。这个故事中有幅画面：一道竖直的光穿透子宫一般的湖水，养育大地。这个特殊的地方就是天地连接之处，大地上的生命就是从这里扩散到以它为中心的有限空间的。德萨纳人认为六边形是最基本的形状，因为它出现在他们看到的很多事物上：蜜蜂巢、黄蜂窝、龟背上的甲片，还有萨满用来获取魔力的水晶石，它们都是六边形的。在人们眼中，它代表了女性的子宫，也是人的大脑最基本的组成部分。

德萨纳人把他们的长屋建成了六边形，而且顺着六边形的思路，他们把自己的社会也分成了六种亲属群。这一永远都呈现和包含变形能量的模式在各种事情上都给德萨纳人一种团结的感觉。德萨纳人村子上空的天然星空天花板上就是六边形的有限空间。它以一个巨大的星座的形式占据了整个天空。六边形的六个顶点分别是北河三、南河三、老人星、水委一、波江座 τ^3 和五车二。六边形的中央点是猎户座腰带中间的那颗星,参宿二。

德萨纳人把天上这个巨大的六边形天花板也投射到了覆满森林的大地上。他们标出了图卡诺安不同部落的范围。你可以把它看成一个巨大的透明的六边形水晶。它直挺挺地矗立着,六条边分别就是这块土地上六条大河上的有名的瀑布。中间的轴心从参宿二直插下来,指向一块位于其中一条大河与赤道交叉处的巨石,巨石上覆盖着各种岩画。

德萨纳人的六边形超越了社会组织和实际事务。它还含有哲学、精神特性,提醒德萨纳人应如何认知他们头顶那个巨大的天顶。限定这片空间的六条边组成了他们所谓的"道",也就是一个人一生必须走过的路——你在萨满教式引导和仪式的帮助下变成你自己的过程。如果是男性,那就是从出生地毕宿五开始,逆时针方向转到五车二,进入出生仪式,获得自己的名字;再来到北河三,在那儿开始加入更大的社会家庭；接着来到天狼星，进入婚姻，突然转向西边，到生殖之星参宿二的中心；旅程的终点就是起点毕宿五，死亡之点、重生之点及回到宇宙的原点。女性的旅程则不同：她们在天狼星结婚，然后跟丈夫一起前行。反映在宇宙六边形上，男女的生活历程都变成了精神循环：从年轻到成熟再到衰老，然后轮回。因为德萨纳人的星空天花板是人间所有事情的蓝图——把生理、文化和心理行为集合在一起的蓝图。天上的六边形保佑着地上的安全。

北极人类学家最近在阿拉斯加中部记录到了哥威迅人萨满把整个天空看成一个星座的趣事。哥威迅人住在北纬67度的区域。"亚蒂伊占据了整个天空。"一位老人告诉他们。它的跨度超过143度，几乎囊括了所有极地天空的星星——全都是永不降落的星星。它的形象是个长了尾巴的男性：脸朝下蹲在天上，一只手上拿着藤条或拐杖，在漆黑的天空慢慢从东边走向西边。"亚蒂伊在走。"一位知情人说。

亚蒂伊左手是轩辕十四及狮子座周围的星星，它的右手在天空的另一侧，是仙后座的星星。亚蒂伊巨大的脸有点像郊狼，而且耳朵跟脸的轮廓连在了一起，主要是由北河二和五车二勾勒出来。它的鼻子是昴星团。它腿上的星星具体

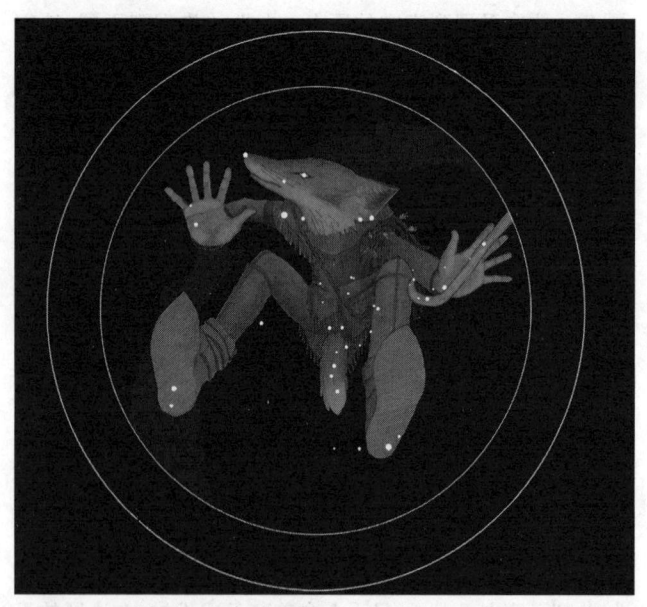

阿拉斯加的哥威迅人的亚蒂伊星座(Mareca Guthrie 绘图；Chris Cannon、Paul Herbert 和其他不知名的哥威迅长者为此图的创作提供了意见)

是哪几颗还有待确认,可是它那叉开的双脚就是大角星和天津四。狮子座的其他靠近轩辕十四的星星排成了亚蒂伊手里的那根拐杖。北斗七星组成的大尾巴沿着银河一路拖行,银河就是它在紧实的雪地上行走留下的痕迹。可惜的是,关于这位天空的巨人倒没什么故事可讲,因为人类学家还在探究亚蒂伊到底是谁。不过,讲故事的人向追问的人保证说,它"就在那儿看着我们呢",那是亚蒂伊的身体部位给极地地区的永恒的保证。

哥威迅人在语言上跟甸尼族是相近的。他们地上的旅行神祇耶达日野是个以慈爱精神闻名的人,"活得很高尚"。他有时会出手帮助危难的人。美国东北部海岸地区的印第安部落茨姆锡安人只剩下 275 人了。他们认为他们的天空首领就是掌管日光的神。有一次,世界陷入了永久的黑暗,聪明的乌鸦就想着去偷日光。首领把这一宝贵的财物藏在上界府第的盒子里。乌鸦飞到东边,冲破大门进入了上界刺目的光明世界。它蹲在首领房子外面的树枝上。首领的女儿出来打水的时候,乌鸦把自己变成了一片叶子,落在水桶里。女孩喝了桶里的水以后就怀孕了,生了个亮眼睛的男孩。男孩长大后哭着闹着要玩日光盒子。首领最后终于给了他。男孩立刻就变回乌鸦，带着盒子跑了。在回到下界的时候，因为太久没吃东西，乌鸦跟遇到的第一个人商量："我拿一丝光换点吃的，好吗？"结果那个人拒绝了。乌鸦一生气就把盒子摔碎了，一大片光涌出来，瞬间消灭了那个人。

在甸尼人的想象中，曾经有很多半人半兽围绕着地球巡游，专门消灭那些危险的动物，或者把它们变成不那么危险的动物——到现在仍然在大地上游荡。占据整个天空的亚蒂伊星座可能是这个超自然的人兽巡游者在哥威迅人的宇宙中的化身，而天空是它结束自己的巡游之处，届时它已年老，也完成了工作。它在夜空中不同位置的永恒守候，是讲各种禁忌、规则和其他风俗（包括如何对待动物）的故事的极好背景。不过他们说，最重要的是它一直看着我们，永远对我们可能偏离古老教诲保持警惕。否则，危险的野兽又将威胁整个世界。

20世纪初的民族学者约翰·哈林顿把祖尼人的黑夜首领叫作

目前所知，所有印第安部落传说中最宏大的星座。它呈巨大的人形，甚至超过了可见的天空。因为它的头已在西边落下,被地平线上的云层蒙蔽;而它的心却在银河当中——天空的中心,它的腿据说伸出了西边的地平线。

根据哈林顿的详尽的笔记,学者们已经确认了黑夜首领的心脏对应的是织女星、天津四和北十字座的一部分。它的右臂是猎户座的腰带,一条弯曲的长腿从北边的大角星一直伸到了南边的角宿一和心宿二。为什么这么大?祖尼人长者解释,它的身体必须有一部分一直出现在天空中,因为它的职责就是一年到头守卫人间。天上的神祇们还必须守护日与夜,维持日与夜的均衡。绝对不能太暗,也不能太亮。

现代星图上不可能有埃及人、德萨纳人、哥威迅人和祖尼人那样的巨型星座。在西方传统中,塞特斯统治之前最大的星座是伊阿宋搜寻金羊毛时乘坐的南船座。它航行在银河的南段,冬天时靠近南边的地平线。可惜的是,我们现在不再把它看成一个星座了。1922 年,国际天文学联合会把它分成了好几个部分:船底座(龙骨)、船舻座(船尾)、罗盘座(船桅)和船帆座。这艘船从来就没有船首,是不是因此才迷失在了薄雾中?

10

天空的性别

易洛魁人把四季变化前天上的预兆叫作信差,就是那些从地平线升到夜空中的星座。七姐妹星团就是隆冬的标记,而七兄弟星团带来的则是仲夏。易洛魁人中的讲故事的人说,第一纪元时,七姐妹星团从挤满星星的天上往下看,看到了海龟岛,就是拿一只巨大的乌龟的背建的岛。她们伤心地看到人们沮丧地东奔西走。"没有人在笑。"其中一个姐妹说。"也没有人跳舞。"另一个说。"怎么会这样?"于是,她们决定下到凡间去教人们唱歌跳舞。天界理事会的一位委员警告她们:"你们知道的,天上掉下去的星星会吓坏这些人的。上一次,有颗星星掉在了莫霍克村,伤了不少人呢。"不过,七姐妹还是下凡了。看着她们一个接一个地跳下去,神族们开始惊慌,趁她们下去时打雷闪电。可是人们仔细听时,已被雷电大作弄得痴迷起来,开始模仿他们听到的雷声和看到的闪电。很快,他们就开始又跳又唱——还在笑。不过,七姐妹还是被理事们抓回了天上,以惩罚她们白送了那么多的好药给人类。不过,我们知道她们做的事非常正确。每次她们出现时,我们都听到她们在喊:"醒醒吧,大地母亲!唱起来!跳起来!"

七姐妹对应的七个男孩怎么样了呢?我们早就知道七兄弟的故事,不过他们的星座是最近才被找到的。七个年轻的兄弟在森林里的长屋边玩耍。不一会儿,他们饿了,就去宗族母亲[1]那里要吃的。可是她忙于杂务,没满足他们的需求。男孩们想回去接着玩以忘掉饥饿,可是他们很快又忍不住第二次来要食物。这次,他们还是被当作讨人嫌的孩子赶走了。当第三次还是这个结果的时候,他们当中最大的那个做了一面鼓,而弟弟们就开始随着他击打出的鼓点围着一棵圣树跳舞。很快,他们的脚就开始脱离地面,朝天上升去。这些喧闹声终于惊动了宗族母亲。她朝屋外一看,孩子们正在升空。"我干了什么?"她大哭起来,知道是自己的疏忽才导致他们的离开。她赶紧跑进屋里,抱了一堆好东西,再跑

---

[1] Clan Mother,易洛魁部落中的女性领导角色,负责整个宗族的福利,并拥有提名、任命和罢免部落男性首领的权力。

出去，求他们回来。可惜太晚了——男孩们都已经超出了凡界的边界，走上了通往天界的路。你现在还可以看到他们在天上挤成一团。这个故事的寓意？妈妈呀，一定要随时准备好食物。这就是为什么直到今天，你总会看到易洛魁人的长屋火炉上炖着一锅莎加蜜贴（Sagamité，玉米糊）。

那七兄弟具体在天上的哪个位置呢？很久以来，人类文化学研究者认为昴星团既可以用来讲七姐妹的故事，也可以用来讲七兄弟的故事；不过现在很多专家更倾向于认为，那七颗"雄性"星星与天上的昴星团正好相对。它们就在北天极的另一边，而且距离应该相等。顺着这条线，你就可以找到北冕座。很多北美部落管它叫首领议会。（人们很容易找到它们，因为这一群星星就在著名的波尼人鹿皮星空图的中央。）这个星座在入夏后占据了最高的位置，跟昴星团完全平行，生成了一个完美镜像，跟易洛魁世界中的其他所有东西一样，保持着性别的平衡。

你可能注意到易洛魁的这个故事，就像很多其他文化里的故事一样，跟古希腊罗马关于星座起源和名字来源的故事很不一样。在西方神话中，男性神祇总是正面角色，而女性总是处于次等，甚至是负面角色。就比如卡里斯托（木卫四）

的故事;她被宙斯——那个万物的统治者,只顾自己高兴的自私鬼——强暴了,还因为"做了错事"被罚变成一头熊。还有可怜的安德洛墨达(仙女座)的故事,她的美丽导致自己被铁链锁在岩石上,绝望地等待着珀耳修斯英雄救美。在希腊故事中,只有几个女性神话人物逃脱了此种厄运;比如长着天使翅膀的正义女神室女座和阿特拉斯[1](土卫五)的女儿们(昴星团)。此外,女性的穿着打扮也很受欢迎,比如阿里阿德涅[2](爱女星)的皇冠北冕座;还有后发座,或者叫伯伦尼斯的头发,是确有其人的托勒密三世的妻子的金色卷发。(她是靠剪掉这头美丽的头发才换丈夫从战场上平安归来的。)

我们的古希腊罗马祖先不是唯一歧视女性的神话创作者。回想一下阿兹特克人的太阳和战争之神维齐洛波奇特利的故事,他顶盔掼甲从母亲子宫里出来,一出来就把自己的姐姐月神大卸八块,因为她企图谋杀母亲。在中国的故事里,你也得努力搜寻才能在紫微垣里找到几颗女性星星。一

---

[1] 阿特拉斯(Atlas),因背叛宙斯而被罚以肩顶天的巨神。
[2] 阿里阿德涅(Ariadne),古希腊克里特岛国王米诺斯与皇后帕西法的女儿,曾给情人忒修斯一个线团,帮助他走出迷宫。

颗是"女史",她是颗暗星(天龙座 ψ)。她是服务于皇后完成礼仪大典的星。古代宫廷记录中说,如果她突然闪亮,所有的书记官员都会非常诚实地记录史实,而当她昏晦不明时,他们就会变得不诚实。由希腊罗马星座里的狮子座组成的轩辕大神星座是一条主生育、会下雨的母龙。而由大熊座的星星组成的纽幽宫则设法谋得了一个高贵的头衔:"后宫,北斗七星中最高贵的。"

以上所说的几个社会——古希腊罗马、阿兹特克和古代中国——都有个共同的特点:在历史上,父权一直都很强大。就算有讲女性的故事,那也一定湮没了。想要找到真心描述女性在社会上发挥重要作用的故事,我们得到那些等级并不森严的文化里找,比如北美的易洛魁、纳瓦霍和拉科塔部落,以及澳大利亚、非洲、亚马孙的原住民文化。除非极其保密,大多数通过天上的星星图案来讲述的故事都是口口相传的,其中很多故事至今仍具有现实意义。

性别平等一直是易洛魁社会组织的基本原则。女性和男性创作出性别平衡的星星神话,各自都有叙述,相互补充。

例如,在易洛魁的创始故事中,天女和天猫[1],这女性的半边天,负责种蔬菜,而她们的男性伙伴们,我们的护卫星座,则为周围的树木和野生林子负责。历史时代也是有性别的。在创世纪的第一个纪元,有两个循环是给女性的,一个给男性。可是在第二个纪元,这种2∶1的比例就翻转过来了。今天我们生活在第三纪元,它的前半部分是男性循环。这个纪元只有到了女性循环时才能达成平衡,达成圆满。这全在天上排演过了。仲夏的星座是男性,隆冬的则是女性,周而复始,每年都是成双成对地出现。夏季,男人召集大议会;冬天,女人举行仪式,唤醒长眠了一个冬天的"三姐妹"(玉米、大豆和南瓜)。还有我们前面提到的七姐妹和七兄弟的平衡。

19世纪中期,人类文化学者艾丽斯·弗莱彻完成了一次危险的拓荒之旅:跨越印第安苏族部落全境。旅程中,她协助印第安故事讲述者和创作者,全面记录了美洲印第安人的教育、音乐及他们被欧洲文化同化带来的问题。她还帮助

---

[1] 天女(Sky Woman)是易洛魁人创世故事中女娲式的人物,她对女儿天猫(Lynx)宠爱有加。女儿难产去世后成了大地母亲。

草拟了1887年《达维斯法案》,并促成了它的通过。该法案最终废除了所谓的印第安人保留地,政府直接给每个印第安人分配土地。她还加入了全国妇女印第安人协会,全身心投入妇女事业中。艾丽斯·弗莱切也是第一个挖掘出宇宙之源的人——基于对美洲原住民男女关系的叙述。多亏了她默默无闻地努力,我们今天才能拥有这么多的天空故事。

在她最早的一部专著——关于性别平衡是大草原上的印第安人最基本的原则——中,弗莱彻这么记录了波尼人的故事:"所有的东西都是分阴阳的:这两种类别是观察所有事物的必要前提。"比如东向和南向是阳性的,西向和北向则是阴性的;上是阳性的,而下是阴性的——易洛魁人也是这么分的。两种性别在村子里都有神龛,就安置在他/她们的引导星(他/她们早已失去的天上的身份)的下面。当然,在作为基点的神龛之间,还有其他星星引导着方向。男性和女性的领导按照惯例轮换,仪式主持人根据地平线上的站点而变换:从西边开始,顺时针移向北边、东边、南边。

尽管艾丽斯·弗莱彻已经跟她的研究对象近得不能再近了,可她还是难以融入其中,也很难获得印第安人连接天地的二元象征力量后面的具体细节。不过,后来的研究者大多是混血且生活在印第安人中间的人,记录下了反映男女关系的星座故事,尤其是强调婚姻和家庭的重要性的故事。有一些广为流传的故事,说的是星星丈夫和地上妻子间的事儿。人们总共记录了多达 86 个版本的"星星丈夫"的故事。所以,这个故事到底有什么含义,很多时候在于这个故事由谁来讲。

两个露营的姑娘盯着繁星满天的夜空。她们一起选定了一对星星,各自许愿,自己能嫁一个如意郎君。等她们醒过来时,发现自己已经在天上了。她们一个嫁了一颗年轻星神,另一个嫁了一颗年老的星神。不过,她们打破戒律,在天上挖了个逃生洞。通过这个洞,她们看到了下界的家乡。她们急着回家,抓着绳子往下爬。

后来又出了个星星丈夫的故事,它可能已经受到外界科学知识的影响。故事说其中的一个姑娘被一颗昏星吸引,成了一位年轻勇敢的首领的妻子。她爱慕的这颗星星非常遥远,这也是它看上去比较暗的原因。而另外一位姑娘倾心于一颗亮星。它之所以这么亮,是因为它离大地更近;她最后却成了仆人的妻子。当嫁了仆人的姑娘得知她的姐妹成了首领的妻子时,忍不住号啕大哭。不过,两位姑娘还是保持着亲密的关系。她们会在云朵里采集野郁金香时相会。只是首领的妻子不用参与任何劳作,她会叫自己的姐妹替她完成任务。一天,仆人姑娘打破天界的农业规矩,敲了郁金香的根基两次,结果在天空上敲出了一个洞。姑娘从这个洞里往下看,看到了自己的家乡。于是,她们决心逃回家;可是仆人丈夫立即报告了首领,后者下令立刻把她们抓回来。

同时,在家乡,村民们正在哀悼失踪的姑娘。一天,一群在外面玩的男孩抬头一看,看到两颗星星正从天上坠下来。他们跑近向上细看,正是两位姑娘。姑娘腰上还系着绳子。首领的情绪这时已经缓和下来。他集中上界所有的套索,把它们系在一起,做了两条长长的绳子。绳子的一头绑在姑娘们的腰上,把她们慢慢放下去送回家。旁边看到她们的人都欣喜若狂,赶紧把姐妹俩回来的消息告诉了她们正伤心的父母。他们告诉她们的父母:一个姑娘看上去很伤心,另一个看上去很开心。

在第三个版本中,姑娘们能回到自己的家,全靠上界一位聪明的老妇人的帮助。她教她们把收获的郁金香的根留下来,搓成长绳子,然后用它下到凡间。显然,从这些星星丈夫的故事中,我们可以看出,就跟我们自己的很多故事一样,其具体含义跟讲故事的人很有关系。

拉科塔人的接生婆,同时也是能够跟星星神灵沟通的萨满;她们自称是通过梦来完成这项工作的。一旦有人要生产,接生婆就会被叫过来。她会带来特殊的植物,以减少产妇的大出血或加速胎儿的出生。她向生育女神(蓝色女神)祈祷。后者会从天上位于北斗七星勺子里的一个洞往下看。生育女神会引导新生儿的灵魂来到世间,缓解生产过程中的痛苦。她让灵魂在尘世间转世。"然后,人死后,她帮助那些灵魂通过北斗七星的那个洞脱离尘世,回到灵界——他们的起源地。"她们认为怀孕会让女性更加强大。她身体里的新生命会给予她力量。所以怀孕期间最好别无所事事。接生婆最后的职责是保留婴儿的扯帕(chekpa),就是"肚脐"(其实是脐带)。她们把它收入一个有珠子装饰的小袋中。袋子要么是乌龟的形状,要么是蝾螈的形状。乌龟形状的袋子装的是与女孩相关的特性,象征着稳重、长寿和勇气。男孩则要获得蝾螈的特性——适应能力和敏捷机敏。(蝾螈可以断尾逃生,然后再长出一条新的尾巴来。)

有一对拉科塔人的星座象征着新生儿的命运。四方形的飞马座就是乌龟的四只脚,而天鹅座及其东西两边的星星

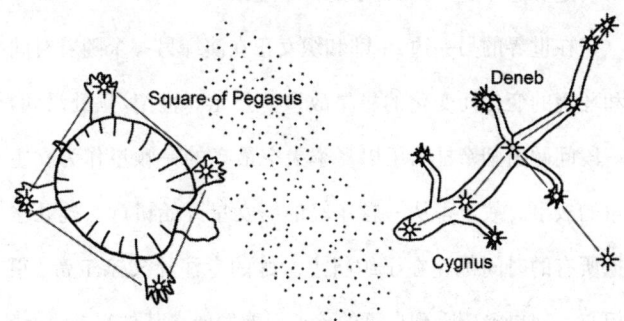

拉科塔乌龟星座和蝾螈星座(Sinte Gleska University, Mission, SD, Julia Meyerson 重新绘制)

Square of Pegasus 飞马座四边形　Deneb 天津四　Cygnus 天鹅座

组成了蝶蛹。刚生孩子的母亲祈祷时要拜对星座,求它把自己的精气赋予新生儿。就像一个讲故事的人说的:"孩子跟妈妈连接的脐带在出生时就断了,可是孩子与灵界相连的脐带一定要建立起来,而且永远都不能断。"

在世界的另一边,牛郎和织女正在演绎另一个随着时间和环境的变化而变化的星星故事。公元3世纪,正处汉朝,一段问题婚姻牵扯出了以夏季天空最亮的一颗星作为女主角的故事。故事得从一颗年轻的织女星开始讲起。她几乎把所有的时间都花在了织机上。她的专注让父亲玉帝[1]很担心。他更希望看到自己的孩子们能发展出其他兴趣,如谈婚论嫁。他给她介绍了一个叫郭翰的小伙子(牛郎星)。俩人迅速坠入爱河并结婚了。之后,织女的行为大变。她完全荒废了工作,只顾卿卿我我。她父亲迁怒于她丈夫,出手拆散了这小两口儿。他命令年轻的牛郎回到天河的那边(东边),这对夫妻一年只能相会一次——只在每年的七月初七。他还命令一群喜鹊那日在天上建起一座鹊桥,让他女儿的小脚能踏着这桥到银河东岸。

---

[1] 原文为 Sun King,此处根据上下文语境与汉语习惯,译为玉帝。

织女回到她的织机前,牛郎也回去照顾他的牛了。当第一次热切盼望的相会时间到了的时候,喜鹊按时集结,翅膀连着翅膀,这样,织女就能跨过天河,投入欢喜的爱人的怀抱里。就这样,小两口儿的后半辈子的婚姻就这么度过了。不过,要是不幸那天下雨,天河一泛滥,那年的相会就得取消。人们说女人,作为牛郎织女这段婚姻的主要崇拜者,都希望学会织补技艺;而她们也总是祈祷七月初七那晚能星汉灿烂。中国人和日本人都喜欢在诗歌里详细描绘这两位宇宙恋人与漫长的分离相抗争的故事:

牛郎:当我们被分离之时,我只看了她一眼——忽如蜉蝣寄;自此我将思念如前,直到下一次相会。

织女:我们本该手牵手,脸对脸,天长地久;我们的爱情也永远没有尽头。(既然如此,为什么上天要把我们分开呢?)[1]

---

[1] 并未在中国古诗中找到与其对应的诗,故按照原文直译如上。但在魏晋时,以牛郎织女的故事为创作素材的诗不少。(接下页)

三个世纪后的唐朝,牛郎织女的另一个故事版本补充了很多他们分开时的细节。在那漫长的分别期,牛郎并没有只沉浸在与织女的婚姻幸福中,据说他也会把牛扔在围栏里(位于天鹰座南边的摩羯座),自己却跑到遥远的月宫去找妖

(接前页)曹丕在《燕歌行二首·其一》中有诗句:

> 明月皎皎照我床,星汉西流夜未央。
> 牵牛织女遥相望,尔独何辜限河梁。

《古诗十九首》中有诗句:

> 迢迢牵牛星,皎皎河汉女。
> 纤纤擢素手,札札弄机杼。
> 终日不成章,泣涕零如雨。
> 河汉清且浅,相去复几许?
> 盈盈一水间,脉脉不得语。

南北朝诗人谢惠连在《七月七日夜咏牛女诗》中有诗句:

> 云汉有灵匹,弥年阙相从。
> 遐川阻昵爱,修渚旷清容。
> 弄杼不成藻,耸辔骛前踪。
> 昔离秋已两,今聚夕无双。
> 倾河易回斡,欸情难久悰。
> 沃若灵驾旋,寂寥云幄空。
> 留情顾华寝,遥心逐奔龙。
> 沉吟为尔感,情深意弥重。

娆的婺女偷欢。织女也不忠贞，她也偷下凡间，跟凡人绯闻不断。

在非洲西南部，科伊科伊（霍屯督）人有个"猎户座神话"，也叫"女人的诅咒神话"，是称颂女人的权力的。据说，19世纪的英国传教士记录了这个故事。故事开始是库努舍第（昴星团）命令她们的丈夫："汝去为吾取三匹斑马（猎户座腰带上的三颗星）来，若汝失手，有家无回。"她们的丈夫只带了一支箭去打猎。看到斑马后，他迅速张弓搭箭，可惜射偏了。同时，一只狮子在另一边兴趣盎然地观察着这位不称职的猎手。这人失败了，因为他没时间去把那支箭取回来再射一次。因为被妻子诅咒了，可怜的猎人只能在寒冷的野外待了一晚上，又饿又渴，浑身发抖。库努舍第转头向营地里的另一个男人说："你们这些男人，以为自己能跟我们（女人）一争高下吗？看吧，我们不让丈夫回家，因为他什么猎物也没打到。"（从一群并非真正明白这个世界的人反复念叨的令人兴味索然甚至反感的故事中，这位传教士抓取出一个天空神话，也算是幸事一件。）

在澳大利亚维多利亚州西北部的原住民布隆人的星座故事中，女性形象看上去非常乡土，跟我们熟悉的西方星星故事中的女性角色大不一样。耶热德特科特和内罗安两个鸟类星座就是很好的例证。耶热德特科特是只毛茸茸的夜行猫头鹰。她住在天上，从南十字座那边穿过南天极。水委一是她的眼睛。她在南边地平线上掠过树梢，爪子上带着猎物，回到巢穴里自己孩子的身边。你可以听到她飞过时发出的咿呀的叫声。人们把耶热德特科特称为"妻子之母"，因为她能给婆婆、女婿立规矩——保证婚姻正常，防止乱伦发生。正如一位人类学家指出的，这种规矩对于像布隆族这样的小规模社群来讲非常必要。她的女性特质，比如美貌（她有着柔软的蓝白色羽毛）、母性、对幼小者的保护欲，以及维持家中整洁的能力，让她成为澳大利亚东南部女性的图腾。

内罗安星座的外在形象是一种跟我们的鸡很接近的眼斑冢雉，位于北部天空。织女星就是它的一只脚。它的亮度让人记起这种鸟的强大脚力。当它为自己筑巢时，能一脚踹出一个巨大的坑来安放自己的蛋。当地人说，4月份天上飞撒的天琴座流星雨，就是它筑巢时踹飞的尘土和小树枝。雌性和雄性眼斑冢雉一生都可以交配，性别差异十分明显。内罗安强化了人们在凡间追求的家庭生活图景，尤其是在抚育孩子时的共同努力：雄性筑巢，照看鸟蛋，雌性则负责喂养。

(一旦小鸟孵出来,它们就跟父母几乎没什么联系了,也许是因为年轻一代需要早早地独立。)

有趣的是,好几个布隆人的鸟类星座都是赞颂生死相依的物种。比如乌鸦就在布隆人的天空中一个叫沃尔的星座里找到了对应,这个星座的主星是老人星。同样,瓦尔皮尔是一只楔尾鹰。那是澳大利亚体型最大的禽类。它的头是天狼星。它跟自己的妻子科娄古洛力克·瓦尔皮尔前后相接地飞行着。整个星座是由以猎户座南部的参宿七为中心的一大群星星组成的。它们一起在日落和日出时从地平线上展翅高飞,巡视它们的领地。布隆族人说,像瓦尔皮尔和科娄古洛力克·瓦尔皮尔这样的天作之合往往发生在伴侣双方来自对立的部族即不同的社会群体时。

很多突出性别关系之互补的本土星座往往在传达信息时既脚踏实地又带有一定的玩笑性质。我最喜欢的是呐逊(南鱼座的北落师门)。(博茨瓦纳的)茨瓦纳人叫它"接吻星",因为它出现在冬季的早晨——正是情人们依依惜别,以免被父母抓住的时候。

后 记

卡尔·萨根在他那本广为流传的《宇宙》里写道,所有关于天空和创世的神话都是朴素的,因为它们是照着人类或动物的原型来想象宇宙的。在他看来,天空故事跟宇宙科学大爆炸的故事不一样。因为宇宙是客观存在的,而且能够通过观察来验证——有必要的话还可以修正——我们对所发生的事情的解释。同样地,天文学家韦恩·奥奇斯顿写到殖民前澳大利亚人的天文学时说,原住民不懂得"他们所看到的种种天文事物的真正本质,他们发展出了一套神话来作为他们自己的解释"。连著名的世界神话阐释家约瑟夫·坎贝尔也认为,原住民混淆了梦境现实和日常实践。

很多经过科学训练的学者都认为,我们的祖先缺乏现代技术的帮助,也没有世代积累的智慧,因此对环境一知半解。他们基于孩子般的自说自话,基于错误的前提,在里面填塞了各种不必要的神灵。几乎所有受过科学训练的人都觉得，所谓万物有灵（它们有着各种能转移到人身上的属性，而且每个物质实体都能根据自己的意志来行动，等等）都是无稽之谈，不管星空故事能如何有效地塑造讲这些故事的人的日常生活。不过，我认为我的这些同事都错了：他们总想给神话贴上理性的标签，这必然让它们显得大错特错。

我绝对不想贬低任何科学分析；相反，我想在这里展示，还有另外的有效手段，比如联想力，也能受雇于人类共同的意愿，让宇宙变得合乎情理。如果我们只看结果是否正确而不管探索过程，就有产生偏见的危险，即除了我们自己对自然的理解，其他任何方式都一文不值。这就会损害我们自己对现代科学的阐释和概念的理解——包括它们来自哪里，它们跟来自那些遥远的地方遥远的年代、想象力丰富的故事有多大不同，而那时那地的人的天文地理知识与社会和宗教赋予人们的价值观密不可分。

我在这里讲述的每一个星空故事都曾用来解释神秘的自然现象和事件。它们把陌生的星星跟熟悉的经验、信念相联系，给人以安慰。它们能缓解人们对宇宙的焦虑。这也是为什么天上的实体都会有名字、灵魂，甚至生理功能。比如，因纽特人叫蘑菇"星星屎",叫青苔"太阳尿";红色的星星靠肝脏滋养,白色的靠肾脏滋养。不深入把握构成人们生活的社会和宗教价值观,你就没法理解和欣赏此种文化中的天文知识。那么,讲述星座故事,就是映射一种经验,把我们怎么看待天空的经验投射于此——生命的始终、追逐、拯救、生存的需要、对四季变化的期待,或者遵守共同的良好行为准则的必要性,等等。每一个星星的故事,都是关于我们的故事。

参考文献

所有网站信息的获取截至2019年2月15日。

前 言

对各种神话感兴趣的读者可以参考 D. Leeming, *Creation Myths of the World*, 2 vols. (New York: ABC-CLIO, 2009)和 D. Leeming, *The World of Myth: An Anthology* (Oxford: Oxford University Press, 2009)。

大多数关于星座的书都是百科全书式的,通常都会按照星座的季节性出现的顺序来排列,并附有阅读指南。我推荐如下:

Bennett, E. *Stars and Constellations*, New York: Scholastic, 2007.

Driscoll, M. *A Child's Introduction to the Night Sky: The Story of the Stars, Planets, and Constellations—and How You Can Find Them in the Sky*. New York: Black Dog and Leventhal, 2004.

Falkner, D. *The Mythology of the Night Sky*. New York: Springer, 2011.

给孩子们的书,我推荐如下:

Hislop, S. *Stories in the Stars: An Atlas of Constellations*. New York: Penguin, 2015.

Kerrod, R. *The Book of Constellations*. London: Gary Allen, 2002.

McDonald, M. *Tales of the Constellations: The Myths and Legends of the Night Sky*. New York: Smithmark, 1996.

Mitton, J. *Zoo in the Sky: A Book of Animal Constellations*. Washington, DC: National Geographic Children's Books, 2009.

Oseid, K. *What We See in the Stars: An Illustrated Tour of the Night Sky*. New York: Random House, 2017.

Rey, H. A. *The Stars*, Boston: Houghton Mifflin Harcourt, 2016.

Ridpath, I. *Star Tales*, Revised and expanded edition. Cambridge: Lutterworth, 2018.

Sasaki, C. *The Constellations: Stars & Stories*. New York: Sterling, 2001.

有关西方星座的神话,有一个精彩合集:T. Condos, *Star Myths of the Greeks and Romans: A Sourcebook* (Grand Rapids, MI: Thames, 1997)。另外,还可以参见 *Astronomy Across Cultures: The History of Non-Western Astronomy*, ed. H. Selin (Dordrecht: Kluwer, 2000) 中1—30页的 E. C. Krupp 写的文章"Sky Tales and Why We Tell Them"。有关其他文化中的星座的专著不多,我能推荐的有 J. Staal, *The New Patterns in the Sky: Myths and Legends of the Sun, Moon, Stars, and Planets* (New York: Abrams, 1988)。

有关古代传教士如何看待星座的可靠资料有 R. Brown, *Researches into the Origin of the Primitive Constellations of the Greeks, Phoenicians, and Babylonians*, 2 vols. (London: William and Norgate, 1900)。

1
千面猎户

关于猎户座的确切资料见 R. Norris and D. Hamacher, "Djulpan: The

Celestial Canoe," 2011 年 7 月 12 日,澳大利亚本土天文学,http://aboriginalastronomy.blogspot.com/2011/07/djulpan-celestial-canoe.html(最后一次登陆时间为 2019 年 3 月 8 日);G. Ammarell and A. Lowenhaupt Tsing, "Cultural Production of Skylore in Indonesia," 收集在 *Handbook of Archaeoastronomy and Ethnoastronmy*, ed. C. Ruggles (New York: Springer, 2014), 2210; D. Freidel, L. Schele, and J. Parker, *Maya Cosmos: Three Thousand Years on the Shaman's Path* (New York: William Morrow, 1993)。

帝喾及其儿子的故事来自 C. Lianshan, *Chinese Myths and Legends* (Cambridge: Cambridge University Press, 2009), 88。也可参见 A. Birrell, *Chinese Mythology: An Introduction* (Baltimore: Johns Hopkins University Press, 1994)。

有关独腿人的完整故事参见 E. Magaña, *Orion y la Mujer Pléyades: Simbolismo Astronómico de los Indios Kaliña de Surinam* (Dordercht: Foris, 1988)。还可参见 E. Magaña, "Tropical Tribal Astronomy: Ethnohistorical and Ethnographic Notes", *Songs from the Sky: Indigenous Astronomical and Cosmological Traditions of the World*, ed. V. del Chamberlain, J. Carlson and M. J. Young (Leicester, UK: Ocarina Books, 1996), 244—265;还有 E. Magaña and F. Jara, "The Carib Sky", *Journal de la Société Américanistes* 68 (1982): 105 - 132。

拉科塔人的手形星座的故事及其宗教含义来自 R. Goodman, *Lakota Star Knowledge: Studies in Stellar Theology* (Rosebud, SD: Sinte Gleska University, Rosebud Sioux Reservaion, 1992);也可参见 R. Goodman, "On the Necessity of Sacrifice in Lakota Stellar Theology as Seen in 'The Hand' Constellation and the Story of the Chief Who lost His Arm", *Earth and Sky: Visions of the Cosmos in Native American Folklore*, ed. R. Williamson and C. Farrer (Albuquerque: University of New Mexico Press, 1992), 215 - 220。

玛雅人估计人的怀孕周期为260天。这也是人的手指加脚趾的数目(20)与天堂层数(13)的乘积。

玛雅铭文见 bookofthrees.com/mayan-culture-the-hearth-stones-of-creation。关于昴星团的引文见 M.Coe, "Native Astronomy in Mesoamerica", 载于 *Archaeoastronomy in Pre-Columbian America*, ed. A. Aveni (Austin: University of Texas Press, 1975), 22-24。

有关南非猎户座的神话可参见一篇精彩的评论, P. G. Alcock, *Venus Rising: South African Beliefs, Customs, and Observations* (Pietermaritzburg, SA: P.G. Alcock, 2014)。除非特别标注,它基本是我在南非相关话题上的主要资料来源。

2
万能的昴星团

严格来说,昴星团不算是个星座,只是个星群,或者说是一小群星星。

世界上关于昴星团的传说太多了,一章根本讲不完。作为一般参考资料,有兴趣的读者可以阅读 Wikipedia.org 的 "Pleiades in Folklore and Literature"。

易洛魁人关于昴星团的孩子的故事讲得很精彩,见 J. Shenandoah and D. George 的 *Skywoman: Legends of the Iroquois* (Santa Fe. NM: Clear Light, 1998)。

"我没法说清……" 出自 J. Fewkes, "The Tusayan Fire Ceremony", *Proceedings of the Boston Society of Natural History* 26 (1895): 453。"'好了',他说……" 见 B. Haile, *Star Lore Among the Navajo* (Santa Fe, NM: Gannon, 1947), 2。"环绕整个宇宙……"选自纳瓦霍人社区大学1987年总目录;它也见于 T. Grinffin-Pierce, "Black God: God of Fire, God of Starlight", *Songs from the Sky: Indigenous Astronomical and Cosmological Traditions of the world*, ed. V. del Chamberlain, J. Carlson, and M. J.

Young (Leicester, UK: Ocarina Books, 1996), 73 - 79。

当代澳大利亚原住民的故事摘自 M. Andrews, *The Seven Sisters of the Pleiades: Stories from Around the World* (Melbourne: Spinifex, 2000)。

赫西俄德诗篇摘自 *The Works and Days*, in Hesiod, *The Works and Days, Theogony, The Shield of Herakles*, trans. R. Lattimore (Ann Arbor: University of Michigan Press, 1991)。

想要看更多关于昴星团的出现与厄尔尼诺现象的关系的科学研究,参见 B. Orlove, J. Chiang and M. Cane, "Ethnoclimatology in the Andes," *American Scientist* 90 (2002): 428 - 435。

西班牙编年史学家贝纳迪诺·德·萨阿贡写的关于昴星团的文字见 B. de Sahagún, *Florentine Codex: General History of the Things of New Spain, Book* 5, trans. C. Dibble and A. Anderson, Archaeological Institute of America Monograph 14, pt. 5 (Santa Fe School of American Research, 1957)。

3
环绕世界的黄道十二宫

严格来说,西方黄道上其实有 13 个星座。第 13 个星座蛇夫座插在天蝎座和人马座之间。

有关黄道和星座的最好的资料有 R. Gleadow, *The Origin of the Zodiac* (New York: Athemeum, 1969); I. Ridpath, *Star Tales* (New York: Dover, 2011), 也可参见 ianridpath.com; 以及 S. Tester, *A History of Western Astrology* (Wolfeboro, NH: Boydell, 1987), source of the quotation by Cecco d'Ascoli on 133。

埃及占星师雕像上的文字引自 O. Neugebauer and E. Parker, *Egyptian Astronomical Texts*, vol 3: *Deans, Planets, Constellations, and Zodiacs* (Providence, RI: Brown University Press, 1969), 214 - 215。亚述

宫廷占星师的引述来自 A. Oppenheim, "Divination and Celestial Observation in the Last Assyrian Empire," *Centaurus* 14 (1969): 115。巴比伦祭司的引言参见"Prayer for the Gods of the Night," trans. F. T. Stephens, in J. Pritchard, ed., *Ancient Near Eastern Texts Relating to the Old Testament, with supplements* (Princeton, NJ: Princeton University Press, 1969), 390–391。

要全面探讨西方星相学中的希腊占星体系,参见 A. Aveni, *Conversing with the Planets: How Science and Myth Invented the Cosmos* (New York: Times Books, 1993). Ch. 5。这一体系利用从当地位置和太阳、月亮、星星的运动中得来的信息,不仅涉及十二宫(黄道上从东边地平线上开始的每30度一段的分割区域),还涉及从春分点开始的类似划分。这套星座体系的第一个30度长条就是最重要的上升宫。其他各宫还与爱情、婚姻、死亡、荣誉、友情等相关。在出生时离哪个区域的星座近,就会一生都在上述方面受到它们的影响。为与二元对立及等级等这些最为重要的法则一致,星星们拥有亦邪亦善的各种法力。不过,每颗星星(按降序排列)都比前一颗星的法力要弱些。星体在黄道十二宫中的位置排列还有额外的含义。而更复杂的是,大自然的其他成分和方面,诸如宝石、金属、草药、个体器官、体液(心情),还有身体排泄物等,也能影响十二宫。一切都在统一的分类学中被分门别类,成为占卜的某种工具。在一个受过专业训练的占星师手中,所有组成这个有序世界的实体都可以用来传达预言,不管是作为药物还是治疗手段,以引导战争走向或者治疗失去爱人的伤痛。这一体系后来以日常占星形式流传至今。

中国体系中的十二生肖是沿着天赤道而不是黄道排列的。这点跟西方的黄道星座不同。它们与天空的星座也无关联;相反,它们更像被命名的站点,标记出在60年一次的大循环中木星12年一圈的路径。同样,中国人的四个方向的分区也基于天赤道而非黄道。二十八宿才更像西方的星座,尽管也是基于天赤道划分的。

经常被引用的羲和韵文出自 S. J. Johnson, *Eclipses, Past and*

Future; with General Hints for Observing the Heavens, 2nd ed. (London: Parker, 1889), 8。另一些中国引言出自 A. Pannekoek, *A History of Astronomy* (New York: Dover, 1961), 88。关于中国星座合相的记载,参见 D. Pankenier, "The Mandate of Heaven", *Archaeology* 51 (1998): 26-34,尽管 Pankenier 的历史解释受到一些质疑。关于中国星座,我这边最权威的资料一直是 S. Xiaochun and J. Kistemaker, *The Chinese Sky During the Han: Constellating Stars and Society* (Leiden: Brill, 1997)。

想了解更多的玛雅黄道知识,参见 A. Aveni, *Skywatchers of Ancient Mexico*, rev. ed. (Austin: University of Texas Press, 2001), 201-203,还有 V. Bricker and H. Bricker, "Zodiacal References in the Maya Codices", *The Sky on Mayan Literature*, ed. A. Aveni (Austin: University of Texas Press, 1997), 148-183。当代玛雅人的占卜实践详见于 B. Tedlock, *Time and the Highland Maya* (Austin: University of Texas Press, 1992),尤其是第七章。

最后,"上呼下应"这句著名的星相谚语可以追溯到 2000 年前的古希腊亚历山大港,天文学家托勒密把它传播开来的。

4
银河传奇

严格来说,银河(Galaxy),天文学家提到时要大写首字母 G,其意是我们就住在整个宇宙里的无数星系(galaxies)中的那个特定的银河星系。

本章讲的毛利人的银河神话是由 Haritina Mogosanu 创作的,见于 jodcast.net/nztale.html。

玛雅人 *Popol Vuh*(《忠告书》)见于好几种出版物中。我推荐 D. Tedlock, *Popol Vuh: The Mayan Book of the Dawn of Life* (New York: Simon and Schuster, 1996);还有 A. Christensen, *Popol Vuh: The Sacred Book of the Maya* (Norman: University of Oklahoma Press, 1996)。玛雅

银河桨神的故事详见 D. Freidel, L. Schele, and J. Parker, *Maya Cosmos: Three Thousand Years on the Shaman's Path* (New York: Morrow, 1993)。S. Milbrath's *Star Gods on the Maya* (Austin: University of Texas Press, 1900), 尤其是 40 - 41 页和 285 - 287 页包含了玛雅人对银河的想象的最精彩的汇编。

安第斯编年史学者 Bernabé Cobo 关于银河的引言见 G. Utron's "Animals and Astronomy in the Quechua Universe", *Proceedings of the American Philosophical Society* 125 (2) (1981): 113。对于印加人后代的系统研究,我自始至终参考的是 Urton 的 *At the Crossroads of the Earth and the Sky: An Andean Cosmology* (Austin: University of Texas Press, 1981),而关于他们的创世神话,我采用的也是 Urton 的版本。这位编年史学者的译文见上书的第 202 页。我还要感谢 Urton 教授,他这些年来非常慷慨地跟我聊了很多安第斯山里的神话。安第斯山里的人们至今还在举行奥桑加特仪式,并计划开发一个"神灵公园",通过种植和消费某些庄稼,限制畜养草饲动物和采矿,来促进生物多样性。

关于巴拉萨纳银河星座的丰富的资料出自人类学家 Stephen Hugh-Jones 的著作。比如 S. Hugh-Jones, *The Palm and the Pleiades: Initiation and Cosmology in Northwest Amazonia* (Cambridge: Cambridge University Press, 1979); 还有 S. Hugh-Jones, "The Pleiades and Scorpius in Barasana Cosmology", *Archaeoastronomy and Ethnoastronomy in the American Tropics*, ed. A. Aveni and G. Urton (New York: Annals of the New York Academy of Sciences, 1982), 183 - 201。

G. Lankford 的 *Reachable Stars* (Tuscaloosa: University of Alabama Press, 2007), 201 - 210。这本书是我的奥吉布瓦和切诺基银河神话的主要来源。

塔布瓦神话的来源是 A. Roberts, "Perfecting Cosmology: Harmonies of Land, Lake, Body, and Sky", *African Cosmos, Stellar Arts*, ed. C. Mullen Creamer (Washington, DC: National Museum of African Art of the

Smithsonian Institution, 2012), 185。

有关古代中国人对于银河的信仰的精彩探讨,参见 E. Schafer, *Pacing the Void: T'ang Approaches to the Stars* (Berkeley: University of California Press, 1977), 尤其是 257—259 页。

5
银河中的乌云星座

澳大利亚原住民关于鸸鹋的星座故事的资料来源,我可以推荐 R. Fuller, M. Anderson, R. Norris, and M. Trudgett, "The Emu Sky Knowledge of the Kamilaroi and Euahlayi Peoples", *Journal of Astronomical History and Heritage* 17, no. 2 (2014)。

人们在文献中虽然偶尔提及南半球乌云星座,但直到 20 世纪末才发现秘鲁人和澳大利亚人在文化天文学上对它有全面研究。20 世纪七八十年代,我的同事、人类学家 Gary Urton 在古印加帝国首府库斯科旁边的小镇米斯米奈生活了两年,写出了非常有创意的 *At the Crossroads of the Earth and the Sky: An Andean Cosmology* (Austin: University of Texas Press, 1981)。我一直关注这部著作,并在本章引用了部分材料,这部著作也通过从古至今地追溯民族史上的传说和神话,证实了它们的存在。这里引用的安第斯故事改编自 F. Salomon and J. Urioste, *The Huarochirí Manuscript: A Testament of Ancient and Colonial Andean Religion* (Austin: University of Texas Press, 1991), 372。安第斯山牝羊的故事选自 H. Livermore, *Garcilaso de la Vega, Royal Commentaries of the Incas* (Austin: University of Texas Press, 1966), 119。

安第斯星座故事和亚马孙星座故事之间的大量替换,见 P. Roe, "Mythic Substitution and the Stars: Aspects of Shipbo and Quehua Ethnoastronomy Compared", *Songs from the Sky: Indigenous Astronomical and Cosmological Traditions of the World*, ed. V. del Chamberlain, J.

Carlson, and M. J. Young (Leicester, UK: Ocarina Books, 1996), 193–228。

关于德萨纳"毛毛虫"的大段引用材料,出自 G. Reichel-Dolmatoff, *The Shaman and the Jaguar: A Study of Narcotic Drugs Among the Indians of Colombia* (Philadelphia: Temple University Press, 1975), 116。

6
极地星座

本章讲述的因纽特人的星星故事及相关引文均出自 J. MacDonald, *The Arctic Sky: Inuit Astronomy, Star Lore, and Legend* (Toronto: Royal Ontario Museum and Nunavut Research Institute, 1998)。非常感谢 John MacDonald 的帮助,他多年来就这个话题一直跟我积极交流。

关于北极熊故事的记载、分析,也见于 G. Lankford, *Reachable Stars* (Tuscaloosa: University of Alabama Press, 2007)。还有 E. C. Krupp, *Beyond the Blue Horizon: Myths of the Sun, Moon, Stars, and Planets* (Oxford: Oxford University Press, 1992),特别是第 14 章。基奥瓦人的熊的故事改编自 N. Scott Momaday, "The Seven Sisters", *Songs from the Sky: Indigenous Astronomical and Cosmological Traditions of the World*, ed. V. del Chamberlain, J. Carlson, and M. J. Young (Leicester, UK: Ocarina Books, 1996)。

T. Condos, *Star Myths of the Greeks and Romans: A Sourcebook* (Grand Rapids, MI: Thames, 1997),也为卡里斯托变为熊的故事提供了精彩叙述。

大湖区狐狸部落猎熊的故事选自 E. Dempsey, "Aboriginal Canadian Sky Lore of the Big Dipper", *Journal of the Royal Astronomical Society of Canada* 102 (2008): 59–60。

因岁差而导致的天极移动在 A. Aveni, *Skywatchers of Ancient*

Mexico, rev. ed. (Austine: University of Texas Press, 2001)的第三章中有详细阐述。

联想思维在 J. Goody, *Domestication of the Savage Mind* (Cambridge: Cambridge University Press, 1977)的第 40 页和第 68 页有讨论。Goody 认为它是与"原始社会"相关联的一种思维方式,而所谓"原始社会"是令人误解的名词。跟因果思维不同的是,联想思维寻求系统地将事物置于一个结构化的模式当中,在这种模式下,各个部分之间是相互影响的。

7
热带地区的星图

令人愉悦的毛伊神话来自 W. Westervelt, *Legends of Maui* (Honolulu: Hawaiian Gazette, 1910);小眼睛的故事来自 R. Craig, *Handbook of Polynesian Mythology* (Santa Barbara, CA: ABC-Clio 2004)的第 207—208 页。有关如何用葫芦做一个星星指南针的说明,见 *Report of the Minister of Public Instruction to the President of the Republic of Hawaii for the Biennial Period ending December 31st 1899* (Honolulu: Hawiian Gazette Company Print, 1900), 34。

有关热带星座系统和极地星座系统的比较研究,见 A. Aveni, "Tropical Archaeoastronomy", *Science* 213 (1981): 161-171。本章涉及的一些热带导航资料选自 A. Aveni, *People and the Sky* (London: Thames and Hudson, 2008)的第三章。我认为有关热带导航的最好的资料是 D. Lewis, *We the Navigators* (Honolulu: University of Hawii Press, 1972)。Lewis 是最早尝试利用缇博罗技术远航的实验者中的重要人物。

塔希提的海上歌谣见"The Birth of New Lands, After the Creation of Havai'i (Raiatea)", *Journal of the Polynesian Society* 3 (1894): 186-189,引文出自 187 页。

线性星座的概念的提出,见 C. Kursh and T. Kreps, "Linear Constellations

in Tropical Navigation", *Current Anthropology* 15(1974):334 – 337。

夏威夷人在挖空的葫芦上画的导航指示,见 *Kamakau: Hawaiian Annual*, 1891。具体详细的讨论可见 B. Penprase, *The Power of Stars* (New York: Springer, 2010),61。

塔希提人的导航指令见 G. Deming, "The Geographical Knowledge of the Polynesians and the Nature of Inter-Island Contact", *Journal of the Polynesian Society* 71 (1962):111。

德国船长的评语见 Board of Regents, Smithsonian Institution, *Annual Report of the Smithsonian Institution, for the Year Ending 1899*, 488。网上查询地址 https://books.google.com/books?id=9WiPjla-KEKC&source=gbs_navlinks_s。

更多热带星座的信息参见 B. Penprase, *The Power of Stars: How Celestial Observations Have Shaped Cvilization* (New York: Springer, 2011)中的第二章"The Hawaiian and Polynesian Sky"。

8
天上帝国

引用的拉科塔故事出自 A. Bird, "Astronomical Star Lore of the Lakota Sioux: Lakota Ethnoastronomy", 2012, Sccass-international.com。

我认为关于纳瓦霍人霍甘建筑的最好的资料是 T. Griffin-Pierce, "The Hooghan and the Stars", *Earth and Sky: Visions of the Cosmos in Native American Folklore*, ed. R. Williamson and C. Farrer (Albuquerque: University of New Mexico Press, 1992), 110 – 130。有关波尼人的房子的资料,参见 V. del Chamberlain, *When Stars Came Down to Earth: Cosmology of the Skidi Pawnee Indians of North America* (Los Altos, CA: Balena, 1982)。有关波尼人的村子的资料,参见 A. Fletcher, "Star Cult Among the Pawnee—A Preliminary Report", *American*

Anthropologist 4 (1902):730-736。谬里的引言见 J. Murie, "Ceremonies of the Pawnee, Part 1: The Skiri", ed. D. Parks, *Smithsonian Contributions to Anthropology*, no. 27 (Washington, DC: Smithsonian Institution Press, 1981), 76。

关于基里巴斯人的房子的材料来自 M. Makemson "Hawaiian Astronomical Concepts", *American Anthropologists* 40, no. 3 (1938): 370-383。格林布尔的话出自 R. Grimble, *Migrations, Myth, and Magic from the Gilbert Islands: Early Writings of Sir Arthur Grimble* (London: Routledge, 1972), 229。

民居中与宇宙相关的更多设计,包括南美房屋对宇宙的模仿,可以参见 J. Wilbert, "Warao Cosmology and Yekuana Roudhouse Symbolism", *Journal of Latin American Lore* 7 (1981): 37-72。拉科塔的例子取自 R. Goodman, *Lakota Star Knowledge: Studies in Lakota Stellar Theology* (Rosebud, SD: Sinte Gleska University, Rosebud Sioux Reservation, 1992)。

波尼人关于死亡起源的故事,出自 F. Boas, "The Origin of Death", *Journal of American Folklore* 30 (1917): 486-491。

西方读者一般觉得中国星座和中国人的城市设计很难懂。我觉得那是因为讲述这些话题时常常采用了不同历史时期的故事和图片。我最为信赖的参考书之一是 Zhiyi Zhou, n. d. "Suzhou in History: City Layout and Urban Culture", 可以从 https://www.fordham.edu/downloads/file/5697/zhou_-_suzhou_in_history 下载;这是我引用资料的主要来源。而最为可靠的中国星座图见 S. Xiaochun and J. Kistemaker, *The Chinese Sky During the Han: Constellating Stars and Society* (Leiden: Brill, 1997)。中国的其他星空故事选自"Legends of Chinese Asterisms", 可以到香港太空馆的网站 https://www.lcsd.gov.hk/CE/Museum/Space/archive/StarShine/Starlore/e_starshine_starlore14.html 下载。有关北京的建筑排列的资料出自 P. Wheatley, *The Origins and Character of the Ancient Chinese City*, vol. 2: *The Chinese City in Comparative Perspective* (New Brunswick, NJ: Aldine, 2008), 461, 还有 J. Needham, *Science and Civilization in China*, vol. 3 (Cambridge: Cambridge University Press, 1959), 82。

想进一步了解华盛顿的平面设计,参见 J. Meyer, *Myths in Stone: The Religious Dimensions of Washington, D. C.* (Berkeley: University of California Press, 2001)。那篇 1792 年的文章转引自 M. Baker, "Surveys and Maps, District of Columbia", *National Geographic* 6 (1895): 154。

9
星空天花板和巨型星座

有关波塞冬、珀耳修斯和安德洛墨达的恩怨情仇有个非常棒的介绍,见网页 shmoop.com/perseus-andromeda。

星空天花板的安置艺术可以参见此网站,http://calsworld.net/StarCeilings.html。

埃及的另一个星空天花板出现在公元前 18 世纪埃及国王塞那莫特在底比斯的坟墓中。详见 M. Clagett, *Ancient Egyptian Science*, vol. 2 (Philadelphia: American Philosophical Society, 1995)。星空天花板上埃及神祇涂图在 O. E. Kuper, *The Egyptian God Tutu: A Study of the Sphinx God and Master of Demons with a Corpus of Documents* (Leuven: Peeters, 2003),67—70 页有阐述。在埃及神祇努特的形象上,我是认同 R. Gleadow, *The Origin of the Zodiac* (New York: Atheneum, 1969) 的说法的。

鲁伦堡星空天花板的故事见 D. Falk, "'Ancient' Stars Shine On", 可以在 *Astronomy* 杂志网站上看到,见 http://www.astronomy.com/news/2004/10/ancient-stars-shine-on。星空天花板装饰了很多现代建筑,主要描绘了该建筑落成当晚的星空图(比如 Stanford White 设计的巴尔的摩可爱的莱恩卫理公会教堂)。

纽约中央车站天花板上的星座画反了，这挺有意思的。这故事来自 Julia Goicochea, "The Story Behind Grand Central Termial's Beautiful Ceiling"。2018 年 3 月 28 日还能从 CultureTrip.com 的网页上看到：https://theculturetrip.com/north-america/usa/new-york/articles/the-story-behind-grand-central-terminals-beautiful-ceiling。

本章涉及的印第安人的材料来自 V. del Chamberlin, "Navajo Indian Star Ceilings", *World Archaeoastronomy*, ed. A. Aveni (Cambridge: Cambridge University Press, 1989), 331-339；还有 M. J. Young and R. Williamson, "Ethnoastronomy: The Zuni Case", *Archaeoastronomy in the Americas*, ed. R. Williamson (Los Altos, CA: Bllena, 1981) 183-192。以及 T. Griffin-Pierce, "The Hoghan and the Stars", *Earth and Sky: Visions of the Cosmos in Native American Folklore*, ed. R. Williamson and C. Farrer (Albuquerque: University of New Mexico Press, 1992), 110-130。E. C. Krupp, *Beyond the Blue Horizon: Myths of the Sun, Moon, Stars, and Planets* (Oxford: Oxford University Press, 1992), 269-270, 描述了鲁瑟诺的初始仪式。

德萨纳人六边形的故事在以下这本书中有详尽讨论：G. Reichel Dolmatoff, "Astronomical Models of Social Behavior Among Some Indians of Colombia", *Ethnoastronomy and Archaeoastronomy in the American Tropics*, ed. A. Aveni and G. Urton (New York: Annals of the New York Academy of Sciences, 1982), 165-181。

哥威迅人的全天星座见 C. Cannon and G. Holton, "A Newly Documented Whole-Sky Circumpolar Constellation", *Arctic Anthropology* 51 (2014): 1-8。我要感谢 Chris Cannon 一直以通信的方式向我通报他在哥威迅人研究方面的最新成果，还慷慨授权我使用他研究中一直使用的全天星座图。

乌鸦偷日光的神话在以下这本书中有详尽讨论：D. Vogt, "Raven's Universe", *Songs from the Sky: Indigenous Astronomical and Cosmological*

Traditions of the World, ed. V. del Chamberlain, J. Carlson, and M. J. Young (Leicester, UK: Ocarina Books, 1996), 38 - 48。

10
天空的性别

关于天空的性别的故事，我的主要资料来源是 B. Mann, *Iroquoian Woman: The Gantowisas* (New York: Peter Lang, 2000)。我同意 Mann 把北冕座看作女性化的昴星团的男性元素的补充的观点。

关于波尼人的性别观念的主要资料来源是 A. Fletcher, "Stars Cult Among the Pawnee—A Preliminary Report", *American Anthropologist* 4 (1902):730 - 736。G. Lankford, *Reachable Stars* (Tuscaloosa: University of Alabama Press, 2007)记录了 86 个"星星丈夫"的故事。

关于拉科塔人乌龟-蝾螈星座的故事出自 R. Goodman, *Lakota Star Knowledge: Studies in Lakota Stellar Theology* (Rosebud, SD: Sinte Gleska University, Rosebud Sioux Reservation, 1992)。

E. Schafer, *Pacing the Void: T'ang Approaches to the Stars* (Berkeley: University of California Press, 1977)，提供了中国牛郎织女故事的多个版本，是关于此话题的最完整介绍。本章中那首 18 世纪的诗歌引自 L. Hearn, *The Romance of the Milky Way and Other Stories and Studies* (Boston: Houghton and Mifflin, 1907)，33 页和 40 页。

"女人的诅咒神话"选自 T. Hahn, *Tsuni-Goam: The Supreme Being of the Khoi Khoi* (London: Trubner, 1881)。

跟性别相关的澳大利亚星座故事参见 J. Morieson, *Stars over Tyrrell: The Night Sky Legacy of the Boorong* (Victoria: Sea Lake Historical Society, 2000)。

后 记

这一总结性的章节,我尤其要感谢跟天文学家 Ed Krupp 及人类学家 John MacDonald 的对话交流。我阅读并引用了他们的专著:E. C. Krupp, *Beyond the Blue Horizon: Myths of the Sun, Moon, Stars, and Planets* (Oxford: Oxford University Press, 1992),尤其是第 16—21 页;还有 J. MacDonald, *The Arctic Sky: Inuit Astronomy, Star Lore, and Legend* (Toronto: Royal Ontario Museum and Nunavut Research Institute, 1998), 尤其是 17—19 页。

Carl Sagan 对于几个本土创世神话的阐述选自 *Cosmos* (New York, Random House, 1980), 257-260。关于原住民的引言来自 W. Orchiston, "Austrialian Aboriginal, Polynesian, and Maori Astronomy", *Astronomy Before the Telescope*, ed. C. Walker (London: British Museum Press, 1996), 320。

致 谢

感谢耶鲁大学出版社再次给我机会,跟一群技艺高超和热心助人的专业人士合作,尤其感谢资深编辑乔·卡拉米亚的提议:这本书应该是关于跨文化的星空故事的轻松闲谈。精心的设计方案则大大地提升了本书的内容质感。我还要感谢编辑助手米歇尔·德宁、资深编辑苏珊·莱蒂、文字编辑朱莉·卡尔森、校对艾丽卡·汉森,还有检索编辑亚莉克莎·赛尔弗。感谢他们锐利的眼光和灵敏的头脑。乔还非常聪明地找来了画家马修·格林。后者创作了每章开头的插画。我很荣幸再次有机会展示茱莉亚·梅尔森的技艺。她完成了那些星座图的示意图。谢谢你们,马修和茱莉亚,你们给我配的图太棒了。我还要再次感谢我的代理人菲斯·哈姆林(真的有 32 年了吗?)和斯坦福·J. 格林伯格联合公司的埃德·麦克斯维尔。

感谢我的同事，古典学学者罗伯特·加兰。我们曾多次长谈，一起讨论跨学科的教学与创作问题，感谢他跟我分享古典世界的很多神话；同样要感谢的还有人类学家嘉里·尤尔顿，安第斯山脉的故事都是他提供的。还要感谢我做印第安人研究的同事克里斯·维克西和卡罗尔·安·洛伦兹，感谢约翰·麦克唐纳跟我分享他关于因纽特人的渊博的知识，感谢天文学家埃德·科鲁普跟我一样总是对各种文化中的天文学知识孜孜以求。我还非常感谢人类学家克里斯·加农跟我分享哥威迅人有关星座的信息和观念。

在我的大后方，我一直对何东视觉实验室的乔·伊金感激不尽。他不仅别出心裁地把星星的故事生动地展示在一个圆顶上，还做到了与观赏者互动。最后，我还要一如既往地感谢我那无可挑剔的助手，已经跟我合作过 12 本书的戴安娜·詹妮；还有我的妻子罗莲娜·阿维尼，她不仅一直是我手稿的细心读者，也是非常有帮助的听众。

译名中英对照表

A

阿尔忒弥斯　Artemis
阿格朱乌克　Aagjuuk
阿里阿德涅(爱女星)　Ariadne
阿罗拉　Arorae
阿特拉斯　Atlas
阿托克(狐狸)　Atoq
阿兹特克　Aztec
埃皮耶腾波　Epietembo
安德洛墨达(仙女座)　Andromeda
安努之路(苏美尔人的黄道)　the way of Anu (Sumerian Zodiac)
奥吉布瓦　Ojibwa
奥米亚(毕宿五)　Aumea

B

巴拉萨纳　Barasana
巴黎手抄本　Paris Codex
半人马座　Centaurus
半人马座 α　Alpha Centauri
半人马座 β　Beta Centauri
北河二　Castor
北河三　Pollux
北落师门　Fomalhaut
北冕座　Corona Borealis
北十字座　Northern Corss
毕星团　Hyades
毕宿五　Aldebaran
宾堂威鲁库　Bintang Weluku
波江座　Eridanus
波尼人　Pawnee
《波波尔乌》　*Popol Vuh*
布兰兄弟　Brothers Bram
布隆人　Boorong

C

船底座　Carina
船帆座　Vela
船舻座　Puppis
茨姆锡安人　Tsimsian

D

大角(牧夫座 α)　Arcturus
大犬座　Canis Major
大卫·特纳　David Turner
大熊座　Ursa Major
大洋洲　Oceania
德巨潘,独木舟(猎户座)　Djulpan, the Canoe
德萨纳人　Desana
迪尔耶赫(昴星团)　Dilyehe
甸尼族　Dene

E

厄尔尼诺　El Nino
恩利勒　Enlil
鸸鹋　Emu

F

法纳肯噶星　Fanakenga
房宿(天蝎座)　Room

飞马座　Pegasus

G

盖亚　Gaia
哥威迅人萨满　Gwich'in shamans
管辂　Guan Lu
郭翰　Kuo Han
国际天文学联合会　International Astronomical Union

H

哈尔赫比　Harkhebi
哈雷阿卡拉山　Mount Haleakala
哈索尔神庙　Temple of Hathor
海豚座　Delphinus
河鼓二(牵牛星)　Altair
河鼓三　Tarazed
赫菲斯托斯　Haphaestus
赫拉克勒斯　Heracles
赫西俄德,《工作与时日》　Hesiod, *Works and days*
黑神　Black God

J

基勇巴　Kyomba
箕宿(人马座)　Winnowing Basket
吉尔伯特群岛　Gilbert Islands

加罗林群岛　Caroline Islands
角宿一　Spica
金古利克星(织女星)　Kingulliq

K

卡霍奥拉维岛　Kahoolawe
卡里斯托　Callisto
卡律布狄斯　Charybdis
卡米拉罗伊　Kamilaroi
卡西俄珀亚(仙后座)　Cassiopeia
开尤沙乌奇(月神)　Coyolxauhqui
科娄古洛力克·瓦尔皮尔　Collowgulloric Warepil
科萨人　Xhosa
科亚特利库埃　Coatlicue
科伊科伊(霍屯督)人　Khoikhoi (Hottentot)
克达利瓮　Cedalion
克普斯国王(仙王座)　Cepheus
空想性错视　Pareidolia
库努舍第(昴星团)　Khunuseti

L

拉科塔人　Lakota
拉科塔人的手形星座　Lakota Hand Constellation
拉奈岛　Lanai
朗吉努伊　Rangginui
老人星　Canopus
李约瑟　Joseph Needham
利奥(狮子座)　Leo
利维坦　Leviathan
猎户座　Orion
猎户座大星云　Great Nebula in Orion
鲁瑟诺　Luiseno
鹿豹座　Camelopardalis
罗盘座　Pyxis

M

马玛尔华兹特里　Mamalhuaztli
马纳博左　Manabozho
马塔里基(昴星团)　Matariki
马托·提皮拉　Mato Tipila
麦普利尤曼　Maipuriyuman
毛利人　Maori
毛伊(神话英雄)　Maui (mythical hero)
美洲驼　Llamas
米尔扎姆　Mirzam
米纳毕图　Minnabitu
米斯米奈(秘鲁)　Misminay
摩羯座　Capricornus
魔鬼塔　Devils Tower

莫洛凯岛　Molokai
姆拉兰博　Mulalambo

N

呐逊　Ntshune
纳胡克斯　Nahookos
南河三　Procyon
南冕座　Corona Australis
南努尔朱克(毕宿五)　Nanurjuk
南十字座　Southern Cross
南鱼座　Piscis Austrinus
内布拉星象盘　Nebra Sky Disk
内罗安　Neilloan
尼豪岛　Niihau
涅瑞伊得斯　Nereids
纽幽宫　Niu Yu Kung
努特,埃及天空女神　Nut, Egyptian Sky Goddess
努无图意图克(北极星)　Nuuttuittuq (Polaris)

P

帕鲁克斯帝　Paruxti
皮图阿克(仙后座)　Pituaq (Cassiopeia)
普勒俄涅　Pleione

Q

切诺基人　Cherokee
全国妇女印第安人协会　Woman's National Indian Association
全天星座　Whole-Sky Constellations

S

塞提一世,法老　Seti I, Pharaoh
三角座　Triangulum
三叶星云　Trifid Nebula
蛇星(心宿二)　Snake Star
参宿一　Alnitak
参宿二　Alnilam
参宿三　Mintaka
参宿四　Betelgeuse
参宿五　Bellatrix
参宿六　Saiph
参宿七　Rigel
室女座　Virgo
史皮博人　Shipibo
舒,埃及空间神　Shu, Egyptian God of Space
双鱼座　Pisces
双子座　Gemini
斯基第的波尼人　Skidi Pawnee

斯库拉 Scylla
斯库利亚休巨伊图克 Sikuliaqsiujuittuq
斯乌里克(牧夫座) Sivulliik (Bootes)
索提斯(天狼星) Sothis (Sirius)

T

塔马·热勒提 Tama Rereti
塔尼 Tane
塔尼瓦 Taniwha
塔契派·默斯科诺 Tchipai Meskenau
塔沃里特 Taweret
特诺奇蒂特兰神庙 Temple of Tenochtitlan
提拉瓦 Tirawa
缇博罗(波利尼西亚人导航员) Tiborau (Polynesian Navigator)
天秤座/利布拉 Libra
天鹅座 Cygnus
天玑(北斗三) Phecda
天津四 Deneb
天龙座 Draco
天猫 Lynx
天权(北斗四) Megrez
天鹰座 Aquila
图克土居伊特(北斗七星) Tukturjuit (Big Dipper)
图蒙 Tumong
涂图 Tutu
土星 Saturn
托勒密(天文学家) Ptolemy (Astronomer)
托勒密三世(埃及国王) Ptolemy III (Egyptian King)
托辛噶尔 Tohingal

W

娲外雅 Wawaiya
瓦尔皮尔 Warepil
瓦卢 Walu
瓦罗奇里手稿 Huarochiri Manuscript
威齐洛波契特里 Huitzilopochtli
维坎纳塔河 Vilcanota River
沃尔(星座) War (Constellation)
沃特卓巴鲁克人 Wotjobbaluk
乌尔拉可图伊特 Ullaktuit
乌鸦座 Corvus
五车二 Capella

X

希泊巴 Xibalba

肖维岩洞　Chauvet Cave
小犬座　Canis Minor
小眼睛(昴星团)　Little Eyes
辛古利克星(天狼星)　Singuuriq
星空天花板　Star Ceilings
星空图　Star Maps
星星指南针　Star Compass
轩辕十四　Regulus

Y

亚蒂伊　Yahdii
耶达日野　Yedariye
耶热德特科特　Yerredetkurrk
伊卜特·贾乌扎赫(参宿四)　Ibtal Jauzah

伊西斯　Isis
易洛魁人　Iroquois
因纽特人　Inuit
银河中的乌云星座　Dark Cloud Constellations of the Milky Way
英仙座/珀耳修斯　Perseus
尤阿拉依部落　Euahlayi
御夫座　Auriga

Z

织女星　Vega
坠星(拉科塔武士)　Fallen Star (Lakota warrior)
祖鲁人　Zulu
祖尼人　Zuni

星名中西对照表

表一

四象	二十八宿	距星*	
		中国星名	西方星名
东方苍龙	角宿	角宿一	室女座 α；Spica（意为"处女的麦穗"）
	亢宿	亢宿一	室女座 κ
	氐宿	氐宿一	天秤座 α；Zubenelgenubi（意为"南方之螯"）
	房宿	房宿一	天蝎座 π
	心宿	心宿一	天蝎座 σ；Alniyat（意为"动脉"）
	尾宿	尾宿一	天蝎座 $μ^1$；Xamidimura（意为"狮子的双眼"）
	箕宿	箕宿一	人马座 γ
北方玄武	斗宿	斗宿一	人马座 φ
	牛宿	牛宿一	摩羯座 β；Dabih（意为"屠夫"）
	女宿	女宿一	宝瓶座 ε；Albali（意为"吞食者"）
	虚宿	虚宿一	宝瓶座 β；Sadalsuud（意为"幸中之幸"）
	危宿	危宿一	宝瓶座 α；Sadalmelik（意为"国王的幸运星"）
	室宿	室宿一	飞马座 α；Markab（意为"马鞍"）
	壁宿	壁宿一	飞马座 γ；Algenib（意为"侧翼"）

续上表

四象	二十八宿	距星*	
		中国星名	西方星名
西方白虎	奎宿	奎宿二	仙女座 ζ
	娄宿	娄宿一	白羊座 β；Sheratan(意为"两个标志")
	胃宿	胃宿一	白羊座 35
	昴宿	昴宿一	金牛座 17；Electra(希腊神话中七姐妹之一伊莱克特拉)
	毕宿	毕宿一	金牛座 ε；Ain(意为"眼睛")
	觜宿	觜宿二	猎户座 φ^1
	参宿	参宿三	猎户座 δ；Mintaka(意为"腰带")
南方朱雀	井宿	井宿一	双子座 μ；Tejat(含义不明)
	鬼宿	鬼宿一	巨蟹座 θ
	柳宿	柳宿一	长蛇座 δ
	星宿	星宿一	长蛇座 α；Alphard(意为"孤独者")
	张宿	张宿一	长蛇座 υ^1
	翼宿	翼宿一	巨爵座 α；Alkes(意为"杯子")
	轸宿	轸宿一	乌鸦座 γ；Gienah(意为"乌鸦的右翼")

* 距星：每个星宿或星官中的一颗标志星；用于标记星宿或星官的位置

表二

其他星名	
中国	西方
大角	牧夫座 α；Arcturus(意为"守卫")
织女星；织女一	天琴座 α；Vega(意为"降落")
天津四	天鹅座 α；Deneb(意为"母鸡尾巴")
河鼓二；牵牛星；牛郎星	天鹰座 α；Altair(意为"鹰星")
河鼓三	天鹰座 γ；Tarazed(意为"天平的横杆")
心宿二；大火	天蝎座 α；Antares(意为"战神的对手")
毕宿五	金牛座 α；Aldebaran(意为"追随者")
五车二	御夫座 α；Capella(意为"小母山羊")
觜宿一	猎户座 λ；Meissa(意为"最闪亮者")
参宿一	猎户座 ζ；Alnitak(意为"腹带")
参宿二	猎户座 ε；Alnilam(意为"一串珍珠")
参宿四	猎户座 α；Betelgeuse(意为"巨人之手")
参宿五	猎户座 γ；Bellatrix(意为"女战士")
参宿六	猎户座 κ；Saiph(意为"巨人之剑")
参宿七	猎户座 β；Rigel(意为"巨人的左腿")
参宿增三十六	猎户座 υ；Thabit(意为"忍耐者")
天狼星	大犬座 α；Sirius(意为"光辉的、灼热的")
南河三	小犬座 α；Procyon(意为"狗的前面")
北河二	双子座 α；Castor(希腊神话中双子神之一卡斯托尔)
北河三	双子座 β；Pollux(希腊神话中双子神之一波鲁克斯)
天玑；北斗三	大熊座 γ；Phecda(意为"熊的大腿")

续上表

其他星名	
中国	西方
天权;北斗四	大熊座 δ;Megrez(意为"熊的尾巴根部")
鬼宿三	巨蟹座 γ;Asellus Borealis(意为"北方的小驴子")
鬼宿四	巨蟹座 δ;Asellus Australis(意为"南方的小驴子")
轩辕十四	狮子座 α;Regulus(意为"王子")
水委一	波江座 α;Achernar(意为"河流的尽头")
玉井三	波江座 β;Cursa(意为"中间的椅子")
老人星;寿星	船底座 α;Canopus(意为"船舵")
南门二	半人马座 α;Rigil Kentaurus(意为"半人马的脚")
马腹一	半人马座 β;Hadar(意为"在地上")
北落师门	南鱼座 α;Fomalhaut(意为"南方之鱼的嘴")